أَلْعَرَبِيَّةُ بِالرَّادِيُو

أَلْجُزْءُ الثَّالِثُ

空中阿拉伯語

第三冊

目錄

為方便您在同一跨頁中可同時對照中文及阿拉伯文，並顧及方便您對照有聲教學中老師以絕版書之頁碼授課，因此本書的頁碼完全以「有聲教學對照頁碼」標注。

前言 iv

作者簡介 vi

第十三課 مَاذَا تَفْعَلُ 5

第十四課 كَمْ عُمْرُكَ 25

第十五課 فِي أَيَّةِ سَاعَةٍ تَقُومُ مِنَ النَّوْمِ يَوْمِيًّا صَبَاحًا 45

第十六課 فِي أَيِّ وَقْتٍ قُمْتَ مِنَ النَّوْمِ صَبَاحَ أَمْسِ 64

第十七課 إِلَى أَيْنَ ذَهَبْتَ أَمْسِ 83

第十八課 أَيْنَ تَسْكُنُ 97

第十九課 أَيْنَ كُنْتَ مَسَاءَ أَمْسِ 113

第二十課 مَا لَوْنُ قَمِيصِكَ 132

第二十一課 أَيَّةُ خِدْمَةٍ 142

第二十二課 هَلْ أَنْتَ مُتَزَوِّجٌ 160

第二十三課 كَيْفَ الْجَوُّ الْيَوْمَ 177

第二十四課 كَيْفَ تَشْعُرُ الْيَوْمَ 189

第二十五課 هَلْ سَتُسَافِرُ إِلَى خَارِجِ الْبِلَادِ هَذَا الْعَامَ 206

第二十六課 سَأَذْهَبُ إِلَى الْمَحَلَّاتِ لِشِرَاءِ الْمَلَابِسِ 221

前言

阿拉伯語文是阿拉伯國家使用的語文。阿拉伯國家目前共有二十二個，分佈在亞洲與非洲地區。亞洲的阿拉伯國家有十二個：沙烏地阿拉伯、約旦、科威特、伊拉克、敍利亞、黎巴嫩、巴勒斯坦、巴林、阿曼、卡達、阿拉伯聯合大公國、葉門。非洲的阿拉伯國家有十個：埃及、利比亞、突尼西亞、摩洛哥、阿爾及利亞、茅利塔尼亞、索馬力亞、蘇丹、吉浦地、葛摩。除此之外，分佈在世界各地的回教徒，在做宗教儀式的時候，也使用阿拉伯語文。一九七四年起，聯合國更把阿拉伯語文列為聯合國大會正式使用的語文。由此可見，阿拉伯語文是世界上重要且使用廣泛的語文。

由於阿拉伯國家分佈很廣，因此，每個國家幾乎都有自己的方言，但是，這些國家有一種共通的語文，使用於各種正式場合、報章、雜誌、書寫、廣播與電視，那就是標準阿拉伯語文。

我們學習阿拉伯語文，就是要學一種二十二個阿拉伯國家都通用的語文，因此，我們在「空中阿拉伯語」各個講次中，注重標準阿拉伯語文的講授。

前言

　　空中阿拉伯語第三冊，與空中阿拉伯語第二冊，是相互連貫的教材，每一課課文都有十五個句子，課文之後為句型練習，然後是問題與回答，之後是主題會話，然後是一篇短文讓學習者閱讀與理解，最後是單字解釋。每一課課文都有中文對照翻譯，供初學者參考。每一課，都盡量重複前面所學過的字彙與句型，以便學習者能熟記單字與句型，進而熟能生巧，運用自如。

　　本書並有作者於教育電臺播音，可供聆聽學習，更具成效。

利傳田

國立政治大學阿拉伯語文學系系主任

中華民國九十七年九月

P.S. 教育電臺台北台AM1494每週一~五21:00-21:30重複播課！並有有聲資料庫可下載授課內容。

詳情請上：http://www.ner.gov.tw/

作者簡介

利傳田

　　作者利傳田，民國55年進入國立政治大學東方語文學系阿拉伯語文組修習阿拉伯語文。民國61年獲得約旦政府獎學金，前往約旦安曼師範學院與約旦大學阿拉伯語文研究所深造。民國68年，應聘回國任教於國立政治大學阿拉伯語文學系，先後曾任講師、副教授職務，並在教育電臺主播阿拉伯語教學，

作者簡介

在國防外語學校任教阿拉伯語文課程，民國84年被推選為國立政治大學阿拉伯語文學系系主任。

作者多年教學歷程中，先後在國立政治大學阿拉伯語文學系擔任阿拉伯文學史、阿拉伯文修辭學、大一阿拉伯語會話、大二阿拉伯語會話、大三阿拉伯語會話、大四阿拉伯語會話、大三阿拉伯語實習、大四阿拉伯語實習、大二阿拉伯語、大三阿拉伯語、阿拉伯文打字、新聞阿拉伯語、阿拉伯文作文、阿拉伯文應用文等課程，在教育電臺先後主持初級阿拉伯語、中級阿拉伯語、實用阿拉伯語、標準阿拉伯語、新聞阿拉伯語、精簡阿拉伯語等教學節目，在國防外語學校擔任阿拉伯語會話課程。

أَلدَّرْسُ الثَّالِثَ عَشَرَ ماذَا تَفْعَلُ الآنَ ؟

١ – مَاذَا تَفْعَلُ الآنَ ؟

٢ – أَقرَأُ كِتَابًا الآنَ .

٣ – مَاذَا يَفْعَلُ صَدِيقُكَ الآنَ ؟

٤ – هُوَ يَدْرُسُ دُرُوسَهُ الآنَ .

٥ – لاَ أَعمَلُ شَيْئًا حَالِيًا .

٦ – إِلَى أَيْنَ أَنْتَ ذَاهِبٌ الآنَ ؟

٧ – أَنَا ذَاهِبٌ إِلَى الْبَيْتِ الآنَ .

٨ – فِي أَيِّ وَقْتٍ سَتَرْجِعُ ؟

٩ – لَسْتُ مُتَأَكِّدًا فِي أَيِّ وَقْتٍ سَأَرْجِعُ .

١٠ – فِي مَا تُفَكِّرُ ؟

١١ – أُفَكِّرُ فِي دُرُوسِي .

١٢ – إِلَى مَنْ تَكْتُبُ ؟

١٣ – أَكْتُبُ إِلَى صَدِيقٍ لِي فِي الشَّرْقِ الأَوْسَطِ .

١٤ – تَنْتَظِرُ مَنْ ؟

١٥ – لاَ أَنْتَظِرُ أَحَداً .

第十三課　你現在在做什麼？

1. 你現在在做什麼？
2. 我現在在看書。
3. 你的朋友現在在做什麼？
4. 他現在在做功課。
5. 我現在什麼都沒做。
6. 你現在要去哪裡？
7. 我現在要回家。
8. 你將在什麼時候回來？
9. 我不一定在什麼時候回來。
10. 你在想什麼？
11. 我在想我的功課。
12. 你寫給誰？
13. 我寫給我在中東的一位朋友。
14. 你在等誰？
15. 我不在等人。

句型練習

تدريب للبَديل

١ - مَاذَا تَفْعَلُ (أَنْتَ) الآنَ ؟
تَفْعَلَانِ (أَنْتُمَا)
تَفْعَلُونَ (أَنْتُمْ)
تَفْعَلُ (هِيَ)
تَفْعَلَانِ (هُمَا)
يَفْعَلْنَ (هُنَّ)
يَفْعَلُ (هُوَ)
يَفْعَلَانِ (هُمَا)
يَفْعَلُونَ (هُمْ)
تَفْعَلِينَ (أَنْتِ)
تَفْعَلَانِ (أَنْتُمَا)
تَفْعَلْنَ (أَنْتُنَّ)
أَفْعَلُ (أَنَا)
نَفْعَلُ (نَحْنُ)

٢ - مَاذَا يَفْعَلُ صَدِيقُكَ الآنَ ؟
صَدِيقَاكَ
أَصْدِقَاءُكَ

٣ - مَاذَا تَفْعَلُ صَدِيقَتُكَ الآنَ ؟
صَدِيقَتَاكَ
صَدِيقَاتُكَ

٤ - أَقْرَأُ كِتَابًا .
صَحِيفَةً （新聞）
جَرِيدَةً （報紙）
رِسَالَةً （信）
مَجَلَّةً （雜誌）

٥ - هُوَ يَدْرُسُ دُرُوسَهُ الآنَ
حَالِيًّا
فِي الْوَقْتِ الْحَاضِرِ
فِي الْوَقْتِ الْحَالِي

٦ - إِلَى أَيْنَ أَنْتَ ذَاهِبٌ الآنَ ؟
هُوَ ذَاهِبٌ
أَنْتِ ذَاهِبَةٌ
هِيَ ذَاهِبَةٌ
أَنْتُمَا ذَاهِبَانِ
هُمَا ذَاهِبَانِ
أَنْتُمَا ذَاهِبَتَانِ
هُمَا ذَاهِبَتَانِ
أَنْتُمْ ذَاهِبُونَ
هُمْ ذَاهِبُونَ
نَحْنُ ذَاهِبُونَ
أَنْتُنَّ ذَاهِبَاتٌ
هُنَّ ذَاهِبَاتٌ
نَحْنُ ذَاهِبَاتٌ

٧ - فِي أيِّ وَقْتٍ | سَتَرْجِعُ ؟
فِي أيَّةِ سَاعَةٍ
فِي أيِّ يَوْمٍ

٨ - أكْتُبُ إلَى | صَدِيقٍ | لِي فِي | الشَّرْقِ الأوْسَطِ .
صَدِيقَةٍ | الصِّينِ
مُعَلِّمٍ | أمْرِيكَا
مُعَلِّمَةٍ | الأُرْدُنِّ
مُدَرِّسٍ | الْجَامِعَةِ
مُدَرِّسَةٍ | الْمَدْرَسَةِ

٩ - تَنْتَظِرُ (أَنْتَ)   مَنْ ؟

تَنْتَظِرِينَ (أَنْتِ)

تَنْتَظِرُ (هِيَ)

يَنْتَظِرُ (هُوَ)

تَنْتَظِرَانِ (أَنْتُمَا ، هُمَا)

تَنْتَظِرُونَ (أَنْتُمْ)

يَنْتَظِرُونَ (هُمْ)

تَنْتَظِرْنَ (أَنْتُنَّ)

يَنْتَظِرْنَ (هُنَّ)

نَنْتَظِرُ (نَحْنُ)

أَنْتَظِرُ (أَنَا)

第十三課

١٠ - لاَ أَنْتَظِرُ

أحداً
صَدِيقِي
زَمِيلِي
حَسَنًا
صَدِيقَتِي
زَمِيلَتِي
فَاتِنَ
الْمُدِيرَ
السِّكْرِتِيرَةَ

.

الأسئلة والأجوبة

١ - مَاذَا تَفْعَلُ الآنَ ؟ يَا سَامِي .

أَقْرَأُ كِتَابًا الآنَ . وَمَاذَا تَفْعَلُ أَنْتَ الآنَ ؟

٢ - مَاذَا يَفْعَلُ صَدِيقُكَ الآنَ ؟ يَا حَسَنُ .

يَدْرُسُ الآنَ دُرُوسَهُ الْعَرَبِيَّةَ ، وَهُوَ مَشْغُولٌ جِدًّا .

٣ - مَاذَا تَفْعَلِينَ أَنْتِ حَالِيًّا ؟ يَا فَرِيدَةُ .

لاَ أَعْمَلُ شَيْئًا حَالِيًّا .

٤ - إِلَى أَيْنَ أَنْتَ ذَاهِبٌ الآنَ ؟ يَا عَلِيُّ .

أَنَا ذَاهِبٌ إِلَى الْجَامِعَةِ .

٥ - إِلَى أَيْنَ أَنْتِ ذَاهِبَةٌ ؟ يَا خَالِدَةُ .

أَنَا ذَاهِبَةٌ إِلَى الْبَيْتِ .

٦ - فِي أَيِّ وَقْتٍ سَتَرْجِعِينَ إِلَى الْجَامِعَةِ ؟

لَسْتُ مُتَأَكِّدَةً ، رُبَّمَا سَأَرْجِعُ فِي الْمَسَاءِ .

問題與回答

1. 你現在在做什麼？

   我現在在看書，你現在在做什麼？

2. 哈珊，你的朋友現在在做什麼？

   他現在在做阿拉伯文功課，他現在很忙。

3. 法立達，妳現在在做什麼？

   我現在什麼都沒做。

4. 阿里，你現在要去哪裡？

   我現在要去大學。

5. 哈立達，妳現在要去哪裡？

   我現在要回家。

6. 什麼時候妳會回到大學來？

   不一定，也許我晚上才回來。

٧ - فِي أَيَّةِ سَاعَةٍ سَتَرْجِعُ مِنَ الْجَامِعَةِ إِلَى الْبَيْتِ ؟

سَأَرْجِعُ فِي السَّاعَةِ الْعَاشِرَةِ مَسَاءً تَقْرِيبًا .

٨ - فِي مَنْ تُفَكِّرُ ؟ يَا حَسَنُ .

أُفَكِّرُ فِي صَدِيقٍ لِي فِي الشَّرْقِ الأَوْسَطِ .

٩ - تَنْتَظِرُ مَنْ ؟ يَا سَيِّدُ حَسَنٍ .

أَنْتَظِرُ صَدِيقًا لِي يَأْتِي مِنَ الشَّرْقِ الأَوْسَطِ .

١٠ - تَنْتَظِرِينَ مَنْ ؟ يَا آنِسَةُ خَالِدَةَ .

أَنْتَظِرُ أُخْتِي فَرِيدَةَ .

١١ - هَلْ أَنْتِ ذَاهِبَةٌ إِلَى الْبَيْتِ أَوِ الْمَدْرَسَةِ ؟

أَنَا ذَاهِبَةٌ إِلَى الْبَيْتِ الآنَ .

١٢ - مَاذَا تَعْمَلِينَ هُنَا ؟ يَا فَرِيدَةُ .

أَنَا أَنْتَظِرُ صَدِيقِي خَالِداً هُنَا .

١٣ - هَلْ تَكْتُبُ دَائِمًا إِلَى أَصْدِقَائِكَ ؟

لاَ ، لاَ أَكْتُبُ إِلَى أَصْدِقَائِي دَائِمًا .

7. 什麼時候你將從大學回家?

   我大概晚上十點回來。

8. 哈珊,你在想誰呀?

   我在想我在中東的一位朋友。

9. 哈珊先生,你在等誰?

   我在等一位中東來的朋友。

10. 哈立達小姐,妳在等誰呀?

    我在等我的姊妹法立達。

11. 妳要去學校還是回家?

    我現在要回家。

12. 法立達,妳在這兒做什麼?

    我在這兒等我的朋友哈立德。

13. 你常寫信給你的朋友嗎?

    不,我不常寫信給我的朋友。

١٤ - إلَى مَنْ تَكْتُبُ الآنَ ؟

أَكْتُبُ الآنَ إلَى صَدِيقٍ لِي فِي أَمْرِيكَا .

١٥ - هَلْ تَنْتَظِرُ صَدِيقَكَ هُنَا ؟

لاَ ، لاَ أَنْتَظِرُ أَحَداً .

١٦ - مَاذَا تَعْمَلُ بَعْدَ الدِّرَاسَةِ ؟

لاَ أَعْمَلُ شَيْئًا ، أَجْلِسُ فِي الْبَيْتِ .

١٧ - إلَى أَيِّ وَقْتٍ سَتَنْتَظِرُ حَسَنًا ؟

سَأَنْتَظِرُهُ إلَى السَّاعَةِ السَّابِعَةِ مَسَاءً .

١٨ - هَلْ تَكْتُبُ لِزَبُونِكَ دَائِمًا فِي الشَّرْقِ الأَوْسَطِ ؟

نَعَمْ ، أَكْتُبُ لَهُ دَائِمًا حَتَّى أَعْرِفَ أَحْوَالَ تِجَارَتِهِ .

١٩ - فِي أَيِّ وَقْتٍ تَكْتُبُ لَهُ عَادَةً ؟

عَادَةً أَكْتُبُ لَهُ بَعْدَ دَوَامِي فِي الشَّرِكَةِ .

٢٠ - هَلْ يُعْطِيكَ جَوَابًا بَعْدَ كُلِّ رِسَالَةٍ ؟

نَعَمْ ، يَكْتُبُ لِي دَائِمًا بَعْدَ أَنْ أَكْتُبَ لَهُ .

14. 你現在寫信給誰？

　　我現在寫信給我在美國的朋友。

15. 你在這兒等你的朋友嗎？

　　不，我不在等人。

16. 放學後你做什麼？

　　我什麼都不做，待在家裡。

17. 你將等哈珊等到什麼時候？

　　我將等他到晚上七點。

18. 你常寫信給你在中東的客戶嗎？

　　是呀，我常寫信給他以便了解他的生意狀況。

19. 你通常在什麼時候寫信給他？

　　通常我在公司下班後寫信給他。

20. 每封信他都有回嗎？

　　有呀，我寫給他之後，他就回我的信。

المحادثة

١ - مَاذَا تعْمَلُ الآنَ ؟ يَا حَسَنُ .

أَكْتُبُ رِسَالَةً الآنَ كَمَا تَرَى .

إِلَى مَنْ تَكْتُبُ ؟

أَكْتُبُ إِلَى صَدِيقٍ لِي فِي الشَّرْقِ الأَوْسَطِ .

هَلْ هُوَ صِينِيٌّ أَوْ عَرَبِيٌّ ؟

هُوَ عَرَبِيٌّ .

هَلْ هُوَ طَالِبٌ يَدْرُسُ فِي الْجَامِعَةِ ؟

لاَ ، هُوَ مُدَرِّسٌ يُدَرِّسُ الْعَرَبِيَّةَ فِي الْجَامِعَةِ .

٢ - مَرْحَبًا يَا حَسَنُ ! كَيْفَ حَالُكَ الْيَوْمَ ؟

أَلْحَمْدُ لِلّٰهِ بِخَيْرٍ ، وَأَنْتَ ؟

بِخَيْرٍ أَيْضًا ، إِلَى أَيْنَ أَنْتَ ذَاهِبٌ الآنَ ؟

أَنَا ذَاهِبٌ إِلَى الْبَيْتِ الآنَ .

أَنَا ذَاهِبٌ إِلَى الْبَيْتِ أَيْضًا ، وَلَكِنْ أَنْتَظِرُ أُخْتِي هُنَا .

أَيْنَ أُخْتُكَ الآنَ ؟

هِيَ تَتَكَلَّمُ مَعَ صَدِيقَتِهَا هُنَاكَ .

第十三課

會話

1. 哈珊，你現在在做什麼？

   就像你看見的我現在在寫一封信。

   你寫給誰？

   我寫給一位在中東的朋友。

   他是中國人還是阿拉伯人？

   他是一位阿拉伯人。

   他是一位在大學念書的學生嗎？

   不是，他是一位在大學教阿拉伯文的老師。

2. 哈珊，你今天好不好？

   感謝真主，很好。你呢？

   我也很好，你現在要去哪裡？

   我現在要回家了。

   我也要回家，但是我在這裡等我的姊妹。

   你的姊妹現在在哪裡？

   她跟她的朋友在那邊說話。

٣ - مَاذَا تَفْعَلُ هُنَا ؟ يَا فَرِيدُ ؟

أَقْرَأُ مَجَلَّةً الآنَ ، وَمَاذَا تَعْمَلُ الآنَ ؟

أَكْتُبُ رِسَالَةً إِلَى صَدِيقِي الآنَ .

فِي أَيِّ وَقْتٍ سَتَذْهَبُ إِلَى الْبَيْتِ ؟

لَسْتُ مُتَأَكِّداً فِي أَيِّ وَقْتٍ سَأَذْهَبُ إِلَى الْبَيْتِ .

يَجِبُ عَلَيَّ أَنْ أَذْهَبَ الآنَ ، هُنَاكَ صَدِيقٌ لِي يَنْتَظِرُنِي فِي الْبَيْتِ .

٤ - إِلَى أَيْنَ سَتَذْهَبُ بَعدَ الظُّهْرِ ؟

سَأَذْهَبُ إِلَى الْجَامِعَةِ فِي السَّاعَةِ الْوَاحِدَةِ وَالنِّصْفِ بَعْدَ الظُّهْرِ .

فِي أَيَّةِ سَاعَةٍ سَتَرْجِعُ مِنَ الْجَامِعَةِ ؟

لَسْتُ مُتَأَكِّداً ، رُبَّمَا بَعْدَ السَّاعَةِ السَّابِعَةِ فِي اللَّيْلِ .

هَلْ سَتَكْتُبُ رِسَالَةً إِلَى صَدِيقِنَا حَسَنٍ هَذِهِ اللَّيْلَةَ ؟ （今晚）

لاَ ، لاَ أَكْتُبُ إِلَيْهِ هَذِهِ اللَّيْلَةَ ، وَلَكِنْ سَأَكْتُبُ إِلَيْهِ غَداً .

أَيْنَ صَدِيقَتُنَا فَرِيدَةُ الآنَ ؟

هِيَ تَقْرَأُ الْجَرِيدَةَ الآنَ فِي مَكْتَبَةِ الْجَامِعَةِ . هَلْ أَنْتَ تَنْتَظِرُهَا هُنَا ؟

نَعَمْ ، هِيَ تُرِيدُنِي أَنْ أَنْتَظِرَهَا هُنَا .

أَيْنَ سَتَذْهَبَانِ بَعْدَ قَلِيلٍ ؟

سَنَذْهَبُ مَعًا إِلَى الْمَطْعَمِ لِلْعَشَاءِ .

3. 法立德,你在這裡做什麼?

   我在看一本雜誌,而你現在在做什麼?

   我現在在寫一封信給我的朋友。

   你什麼時候回家?

   我不一定什麼時候回家。

   我現在該走了,有一位朋友在家等我。

4. 下午你要去哪裡?

   下午一點半我要去大學。

   你幾點將從大學回來?

   不一定,也許晚上七點以後。

   今天晚上你要寫信給我們的朋友哈珊嗎?

   不,今天晚上不寫了,但是我明天會寫。

   我們的朋友法立德她現在在哪裡?

   她現在在大學的圖書館看報紙,你在這兒等她嗎?

   是的,她要我在這兒等她。

   等一下你們要去哪裡?

   我們要去餐廳吃晚飯。

短文

تَمْرِينٌ لِلْقِرَاءَةِ وَالْفَهْمِ

اِسْمِي حَسَنٌ ، وُلِدْتُ فِي مَدِينَةِ تَايْبَيْهَ فِي عَامِ أَلْفٍ وَتِسْعِمِائَةٍ وَخَمْسَةٍ وَسَبْعِينَ ، وَأَنَا فِي الْعِشْرِينَ ، أَدْرُسُ حَالِيًا فِي جَامِعَةٍ قَرِيبَةٍ مِنْ مَدِينَةِ تَايْبَيْهَ ، مَدِينَةُ تَايْبَيْهَ جَمِيلَةٌ وَوَاسِعَةٌ ، وَجَامِعَتِي كَذَلِكَ جَمِيلَةٌ وَوَاسِعَةٌ . أَدْرُسُ فِي الْجَامِعَةِ اللُّغَةَ الْعَرَبِيَّةَ ، عِنْدِي فِي كُلِّ يَوْمٍ سِتَّةُ دُرُوسٍ عَرَبِيَّةٍ ، وَعِنْدِي دُرُوسٌ مِنْ يَوْمِ الاِثْنَيْنِ إِلَى يَوْمِ الْجُمْعَةِ ، وَمَا عِنْدِي دُرُوسٌ فِي يَوْمِ السَّبْتِ وَيَوْمِ الأَحَدِ .

دَرَسْتُ الْعَرَبِيَّةَ لِمُدَّةِ سَنَةٍ وَالنِّصْفِ تَقْرِيبًا ، وَالآنَ أَقْدِرُ أَنْ أَتَكَلَّمَ قَلِيلاً مِنَ الْعَرَبِيَّةِ وَكَذَلِكَ أَكْتُبُ قَلِيلاً مِنَ الْعَرَبِيَّةِ ، وَأَحْيَانًا أَكْتُبُ رِسَالَةً بِالْعَرَبِيَّةِ إِلَى أَصْدِقَائِي الْعَرَبِ فِي الشَّرْقِ الأَوْسَطِ ، وَلَكِنْ لَسْتُ مُتَأَكِّداً هَلْ هُمْ يَعْرِفُونَ وَيَفْهَمُونَ مَا أَكْتُبُ فِي رِسَالَتِي أَمْ لاَ ؟ لأَنَّنِي لاَ أَكْتُبُ الْعَرَبِيَّةَ جَيِّداً ، وَأَجِدُ صُعُوبَةً فِى كِتَابَةِ الْعَرَبِيَّةِ .

單字解釋　المفردات

مَاذَا	什麼	تَفْعَلُ	你做
أَعْمَلُ	我做	شَيْءٌ	東西，事情
حَالِيًا	現在	ذَاهِبٌ	去
مُتَأَكِّدٌ	肯定的	تُفَكِّرُ	你猜
أَلشَّرْقُ الأَوْسَطُ	中東	تَنْتَظِرُ	你等

الدرس الرابع عشر كَمْ عُمْرُكَ ؟

١ - كَمْ عُمْرُكَ ؟

٢ - عُمْرِي وَاحِدَةٌ وَعِشْرُونَ سَنَةً .

٣ - كَمْ عُمْرُ أُخْتِكَ ؟

٤ - أُخْتِي الآنَ فِي التَّاسِعَةَ عَشْرَةَ مِنْ عُمْرِهَا .

٥ - إِحْزِرْ ، كَمْ عُمْرُ حَسَنٍ ؟

٦ - أَعْتَقِدُ أَنَّ عُمْرَ حَسَنٍ لَمْ يَبْلُغْ أَكْثَرَ مِنَ الثَّلاَثِينَ .

٧ - بِكَمْ سَنَةٍ أَنْتَ أَكْبَرُ مِنِّي ؟

٨ - أَنَا أَكْبَرُ مِنْكَ بِثَلاَثِ سَنَواتٍ .

٩ - بِكَمْ سَنَةٍ أَخُوكَ الصَّغِيرُ أَصْغَرُ مِنْكَ ؟

١٠ - أَخِي الصَّغِيرُ أَصْغَرُ مِنِّي بِسَنَتَيْنِ .

١١ - هَلْ أَنْتَ الأَكْبَرُ بَيْنَ إِخْوَانِكَ ؟

١٢ - لاَ ، عِنْدِي أَخٌ أَكْبَرُ مِنِّي بِستِّ سَنَوَاتٍ .

١٣ - هَلْ عِنْدَكَ أُخْتٌ صَغِيرَةٌ ؟

١٤ - نَعَمْ ، عِنْدِي أُخْتٌ صَغِيرَةٌ .

١٥ - أُخْتِي عُمْرُهَا خَمْسَ عَشْرَةَ سَنَةً هَذَا الْعَامَ .

第十四課　你幾歲？

1. 你幾歲？
2. 我二十一歲。
3. 你的姊姊（妹妹）幾歲？
4. 我的姊姊（妹妹）十九歲。
5. 你猜猜看哈珊幾歲？
6. 我想哈珊不會超過三十歲。
7. 你大我幾歲？
8. 我大你三歲。
9. 你的弟弟小你幾歲？
10. 我的弟弟小我兩歲。
11. 你是你兄弟中最大的嗎？
12. 不是，我有一個哥哥比我大六歲。
13. 你有妹妹嗎？
14. 有，我有一個妹妹。
15. 我的妹妹今年十五歲。

句型練習

تدريب للبدِيل

١ - كَمْ
عُمْرُكَ ؟
عُمْرُكِ
عُمْرُهُ
عُمْرُهَا
عُمْرُ أَبِيكَ
عُمْرُ أُمِّكَ
عُمْرُ أَخِيكَ
عُمْرُ أُخْتِكَ

٢ - عُمْرِي
وَاحِدَةٌ وَعِشْرُونَ سَنَةً .
تِسْعَ عَشْرَةَ سَنَةً
تِسْعَةَ عَشَرَ عَامًا
ثَلاَثُونَ سَنَةً
ثَلاَثُونَ عَامًا
خَمْسَ عَشْرَةَ سَنَةً
خَمْسَةَ عَشَرَ عَامًا

٣ - أُخْتِي هذا الْعَامَ فِي التَّاسِعَةَ عَشْرَةَ مِنْ عُمْرِهَا .

أُخْتِي		عُمْرِهَا
أُخْتِي الْكَبِيرَةُ		
أَخِي		عُمْرِهِ
أَخِي الْكَبِيرُ		
مُعَلِّمِي		عُمْرِهَا
مُعَلِّمَتِي		

٤ - إِحْزِرْ (أَنْتَ) كَمْ عُمْرُ حَسَنٍ ؟

إِحْزِرْ (أَنْتَ)
إِحْزِرِي (أَنْتِ)
إِحْزِرَا (أَنْتُمَا)
إِحْزِرُوا (أَنْتُمْ)
إِحْزِرْنَ (أَنْتُنَّ)

٥ - أَعْتَقِدُ أَنَّ عُمْرَ حَسَنٍ لَمْ يَبْلُغْ أَكْثَرَ مِنَ [الثَّلاَثِينَ / الأَرْبَعِينَ / الْخَمْسِينَ / السِّتِّينَ / الْعِشْرِينَ] .

٦ - بِكَمْ سَنَةٍ أَنْتَ [أَكْبَرُ / أَصْغَرُ] مِنِّي ؟

٧ - أَنَا أَكْبَرُ مِنْكَ [بِثَلاَثِ سَنَوَاتٍ / بِسَنَةٍ وَاحِدَةٍ / بِسَنَتَيْنِ اثْنَتَيْنِ / بِأَرْبَعِ سَنَوَاتٍ / بِشَهْرٍ وَاحِدٍ فَقَطْ / بِعِدَّةِ أَشْهُرٍ] .

٩ - هَلْ أَنْتَ [الأَكْبَرُ] بَيْنَ إِخْوَانِكَ ؟

الأَكْبَرُ	
الأَصْغَرُ	（最小）
الأَوَّلُ	（第一）
الأَجْمَلُ	（最帥）
الأَحْسَنُ	（最好）
الأَفْضَلُ	（最好）
الأَعْلَى	（最高）
الأَقْصَرُ	（最矮）
الأَسْرَعُ	（最快）
الأَبْطَأُ	（最慢）

الأسْئلة والأجوبة

١ – كَمْ عُمْرُكَ ؟

عُمْرِي سَبْعٌ وَعِشْرُونَ سَنَةً .

٢ – كَمْ عُمْرُ أُخِيكَ ؟

أَخِي فِي الثَّلاَثِينَ مِنَ عُمْرِهِ .

٣ – حَسَنٌ عُمْرُهُ لَمْ يَبْلُغْ خَمْسًا وَعِشْرِينَ سَنَةً ، أَلَيْسَ كَذَلِكَ ؟

نَعَمْ ، عُمْرُهُ لَمْ يَبْلُغْ خَمْسًا وَعِشْرِينَ سَنَةً .

٤ – الآنِسَةُ فَرِيدَةُ فِي الْعِشْرِينَ مِنَ الْعُمْرِ ، أَ لَيْسَ كَذَلِكَ ؟

نَعَمْ ، أَعْتَقِدُ أَنَّهَا فِي الْعِشْرِينَ .

٥ – كَمْ عُمْرُكَ هَذَا الْعَامَ ؟ يا خَالِدُ .

أَنَا أَكْبَرُ مِنْكَ بِسَنَتَيْنِ .

٦ – كَمْ عُمْرُ أُخْتِكَ ؟

هِيَ أَصْغَرُ مِنْكَ بِثَلاَثِ سَنَوَاتٍ .

٧ – كَمْ فَرْداً فِي عَائِلَتِكَ ؟

فِي عَائِلَتِي سَبْعَةُ أَفْرَادٍ .

問題與回答

1. 你幾歲？

   我二十七歲。

2. 你的哥哥（弟弟）幾歲？

   我的哥哥（弟弟）三十歲。

3. 哈珊不到二十五歲，對不對？

   對，他不到二十五歲。

4. 法立達小姐二十歲，對嗎？

   對，我想她是二十歲吧。

5. 哈立德，你今年幾歲？

   我比你大兩歲。

6. 你的姊姊（妹妹）幾歲？

   她比你小三歲。

7. 你家裡有幾個人？

   我家有七個人。

٨ - كَمْ أَخًا وَأُخْتًا عِنْدَكَ ؟

عِنْدِي أَخَوَانِ وَثَلاَثُ أَخَوَاتٍ .

٩ - هَلْ أَنْتَ الأَصْغَرُ بَيْنَ إِخْوَانِكَ ؟

لاَ ، عِنْدِي أَخٌ أَصْغَرُ مِنِّي .

١٠ - هَلْ أَنْتَ الأَكْبَرُ بَيْنَ إِخْوَانِكَ ؟

نَعَمْ ، أَنَا الأَكْبَرُ بَيْنَ إِخْوَانِي .

١١ - إِحْزِرْ كَمْ عُمْرِي ؟

عُمْرُكَ لَمْ يَبْلُغْ عِشْرِينَ سَنَةً .

١٢ - هَلْ أَنْتَ فِي الْعِشْرِينَ هَذَا الْعَامَ ؟

لاَ ، أَنَا فِي الثَّامِنَةَ عَشْرَةَ هَذَا الْعَامَ .

١٣ - إِحْزِرِي مَا هُوَ عُمْرُ مُعَلِّمِنَا ؟ يَا خَالِدَةُ .

أَعْتَقِدُ أَنَّهُ فِي الثَّلاَثِينَ .

8. 你有幾個兄弟姊妹？

   我有兩兄弟三姊妹。

9. 你是你兄弟中年紀最小的嗎？

   不是，我有一個弟弟。

10. 你是你兄弟中年紀最大的嗎？

    是的，我是我兄弟中年紀最大的。

11. 猜猜看我幾歲？

    你不到二十歲。

12. 妳今年二十歲嗎？

    不是，我今年十八歲。

13. 哈立達，妳猜猜看我們的老師幾歲？

    我想他是三十歲吧。

١٤ - هَلْ تَعْرِفُ كَمْ عُمْرُ مُعَلِّمَتِنَا ؟

أَعْتَقِدُ أَنَّ عُمْرَهَا أَقَلُّ مِنَ الثَّلَاثِينَ .

١٥ - هَلْ هَذَا الرَّجُلُ عُمْرُهُ كَبِيرٌ ؟

لاَ ، هَذَا الرَّجُلُ لَمْ يَبْلُغْ عُمْرُهُ أَكْثَرَ مِنَ الأَرْبَعِينَ .

١٦ - هَلْ أُخُوكَ كَبِير ؟

لاَ ، أَخِي صَغِيرٌ ، لَمْ يَبْلُغْ عُمْرُهُ عَشَرَ سَنَوَاتٍ .

١٧ - هَلْ تَعْتَقِدُ أَنَّ هَذَا الزَّبُونَ سَيَشْتَرِي الْبَضَائِعَ مِنَّا ؟

نَعَمْ ، أَعْتَقِدُ أَنَّهُ سَيَشْتَرِي مِنَّا هَذِهِ الْمَرَّةَ .

١٨ - هَلْ تَعْتَقِدُ أَنَّ لَدَيْهِ شَرِكَةً فِي الشَّرْقِ الأَوْسَطِ ؟

نَعَمْ ، أَعْتَقِدُ أَنَّ لَدَيْهِ شَرِكَةً كَبِيرَةً فِي الشَّرْقِ الأَوْسَطِ .

١٩ - هَلْ أَنْتَ الأَسْرَعُ بَيْنَ زُمَلَائِكَ ؟

نَعَمْ ، أَنَا الأَسْرَعُ بَيْنَ زُمَلَائِي .

٢٠ - مَنِ الأَعْلَى بَيْنَ زُمَلَائِنَا فِي هَذِهِ الشَّرِكَةِ ؟

أَلْمُدِيرُ حَسَنٌ هُوَ الأَعْلَى فِي الشَّرِكَةِ .

14. 你知道我們的（女）老師幾歲嗎？

    我想她不到三十歲。

15. 這個人年紀很大嗎？

    不，這個人年紀不會超過四十歲。

16. 你的弟弟很大了嗎？

    不，我的弟弟還小，不到十歲。

17. 你認為這個客戶會跟我們買貨嗎？

    我認為這次他會跟我們買。

18. 你想他在中東有沒有公司？

    我認為他在中東有個大公司。

19. 你是同事中最快的嗎？

    是的，我是同事中最快的。

20. 公司同事中誰最高？

    哈珊經理最高。

المحادثة

١ - كَمْ فَرْداً فِي بَيْتِكَ ؟

عِنْدِي خَمْسَةُ إِخْوَانٍ فِي الْبَيْتِ .

هَلْ أَنْتَ أَكْبَرُ وَاحِدٍ بَيْنَ إِخْوَانِكَ ؟

لاَ ، عِنْدِي أَخٌ أَكْبَرُ مِنِّي بِسَنَتَيْنِ .

كَمْ عُمْرُكَ أَنْتَ ؟

أَنَا فِي الْعِشْرِينَ مِنَ الْعُمْرِ .

أَيُّ يَوْمٍ هُوَ عِيدُ مِيلاَدِكَ ؟

غَداً هُوَ يَوْمُ مِيلاَدِي .

عِيدُ مِيلاَدِكَ سَعِيدٌ .

٢ - هَلْ تَقْدِرُ أَنْ تَحْزِرَ كَمْ عُمْرِي أَنَا ؟

أَعْتَقِدُ أَنَّكَ أَقَلُّ مِنَ الثَّلاَثِينَ .

صَحِيحٌ ، أَنَا فِي الثَّامِنَةِ وَالْعِشْرِينَ هَذَا الْعَامَ .

أَنَا أَكْبَرُ مِنْكَ بِسَنَةٍ وَاحِدَةٍ .

عُمْرُكَ إِذَنْ تِسْعٌ وَعِشْرُونَ سَنَةً .

صَحِيح ، عُمْرِي تِسْعٌ وَعِشْرُونَ سَنَةً .

會話

1. 你家有幾個人?

    我家有五兄弟。

    你是兄弟中最大的嗎?

    不,我有一個哥哥比我大兩歲。

    你幾歲?

    我二十歲。

    你的生日是哪一天?

    明天就是我的生日。

    生日快樂。

2. 你猜得到我幾歲嗎?

    你不超過三十歲。

    對,我今年二十八歲。

    我比你大一歲。

    那麼你是二十九歲。

    對,我二十九歲。

٣ - إحْزِرْ كَمْ عُمْرُ خَالِدٍ ؟

لاَ أَعْرِفُ كَمْ عُمْرُهُ ، أَخْبِرْنِي أَنْتَ . أَخْبِرْنِي （你告訴我）

عِيدُ مِيلاَدِهِ هُوَ الْيَوْمُ ، عُمْرُهُ ثَلاَثٌ وَعِشْرُونَ سَنَةً .

هُوَ أَكْبَرُ مِنْ أَخِيكَ الصَّغِيرِ بِثَلاَثِ سَنَوَاتٍ ، أَ لَيْسَ كَذَلِكَ ؟

بَلَى ، أَخِي الصَّغِيرُ فِي الْعِشْرِينَ .

هَلْ تَعْرِفُ كَمْ فَرْداً فِي عَائِلَةِ خَالِدٍ ؟

٤ - إِلَى أَيْنَ أَنْتِ ذَاهِبَةٌ أَلآنَ ؟

أَنَا ذَاهِبَةٌ إِلَى الْبَيْتِ الآنَ .

فِي أَيِّ وَقْتٍ سَتَرْجِعِينَ هُنَا ؟

لَسْتُ مُتَأَكِّدَةً ، هَلْ أَنْتِ ذَاهِبَةٌ إِلَى الْبَيْتِ أَيْضًا ؟

لاَ ، أَنْتَظِرُ صَدِيقَتِي .

تَنْتَظِرِينَ مَنْ ؟

أَنْتَظِرُ خَالِدَةَ .

هَلْ خَالِدَةُ تَتَكَلَّمُ الْعَرَبِيَّةَ ؟

نَعَمْ ، هِيَ تَتَكَلَّمُ الْعَرَبِيَّةَ جَيِّداً .

هَلْ هِيَ مِنَ الْبِلاَدِ الْعَرَبِيَّةِ ؟

لاَ ، هِيَ مِنَ الصِّينِ .

3. 你猜猜看哈立德幾歲？

　　我不知道他幾歲，你告訴我吧。

　　今天是他的生日，他二十三歲。

　　他比你的弟弟大三歲，對嗎？

　　對，我的弟弟二十歲。

　　你知道哈立德家裡有幾個人嗎？

4. 妳現在要去哪裡？

　　我現在要回家。

　　妳什麼時候會回來這裡？

　　不一定，妳現在也要回家嗎？

　　不，我在等我的朋友。

　　妳等誰？

　　我在等哈立達。

　　哈立達會說阿拉伯話嗎？

　　會，她的阿拉伯文說得很好。

　　她來自阿拉伯國家嗎？

　　不是，她來自中國。

041 有聲教學對照頁碼

٥ - هَلْ خَالُكَ كَانَ هُنَا فِي الأَسْبُوعِ الْمَاضِي ؟ خَالٌ （舅舅）

نَعَمْ كَانَ خَالِي هُنَا لِقَضَاءِ عِيدِ مِيلاَدِهِ . قَضَاءٌ （過，渡）

كَمْ عُمْرُ خَالِكَ ؟

إِحْزِرْ كَمْ عُمْرُهُ ؟

لاَ أَعْرِفُ كَمْ عُمْرُهُ . هَلْ عُمْرُهُ سِتُّونَ سَنَةً .

قَرِيبٌ جِداً ، عُمْرُهُ وَاحِدٌ وَسِتُّونَ عَامًا .

خَالُكَ أَكْبَرُ مِنْ خَالِي بِسَنَتَيْنِ .

٦ - هَلْ أَنْتَ ذَاهِبٌ إِلَى الْبَيْتِ الآنَ ؟ يَا فَرِيدُ .

نَعَمْ ، هَلْ تَذْهَبُ مَعِي ؟

لاَ ، شُكْرًا ، أُحِبُّ أَنْ أَذْهَبَ مَعَكَ وَلَكِنْ لاَ أَقْدِرُ الآنَ .

هَلْ أَنْتَ فِي انْتِظَارِ أَحَدٍ ؟

لاَ ، أَنَا فِي انْتِظَارِ رِسَالَةٍ مِنْ صَدِيقٍ لِي .

أَنَا ذَاهِبٌ الآنَ وَسَأَرْجِعُ هُنَا بَعْدَ قَلِيلٍ .

فِي أَيَّةِ سَاعَةٍ سَتَرْجِعُ هُنَا ؟

لَسْتُ مُتَأَكِّداً ، رُبَّمَا فِي السَّاعَةِ الْخَامِسَةِ مَسَاءً .

أَرَاكَ فِي الْمَسَاءِ .

إِلَى اللِّقَاءِ .

5. 你舅舅上個禮拜在這兒嗎？

　　是啊，我的舅舅上個禮拜在這兒過生日。

　　你的舅舅幾歲？

　　你猜猜看他幾歲？

　　我不知道他幾歲，是六十歲嗎？

　　很接近，他六十一歲。

　　你的舅舅比我的舅舅大兩歲。

6. 法立德，你現在要回家了嗎？

　　是的，你要跟我一塊走嗎？

　　不，謝謝。我是想跟你一塊走的，但是我現在不能。

　　你在等人嗎？

　　不是，我是在等我一個朋友的信。

　　我現在要走了，但我馬上回來。

　　你幾點回來這邊？

　　不一定，也許下午五點。

　　下午見。

　　再見。

短文

تمرين للقراءة

أَلْيَوْمُ هُوَ عِيدُ مِيلَادِي وَعُمْرِي وَاحِدٌ وَعِشْرُونَ عَامًا . اِسْمِي خَالِدٌ وَعِنْدِي أَخٌ أَكْبَرُ مِنِّي بِعَشَرِ سَنَوَاتٍ ، هُوَ مُدَرِّسٌ فِي مَدْرَسَةٍ فِي هَذِهِ الْمَدِينَةِ ، يُدَرِّسُ اللُّغَةَ الإِنْجِلِيزِيَّةَ فِي الْمَدْرَسَةِ الثَّانَوِيَّةِ ، يَعْتَقِدُ جَمِيعُ الطُّلَّابِ أَنَّهُ مُدَرِّسٌ جَيِّدٌ .وَأَخِي يُجِيدُ الإِنْجِلِيزِيَّةَ لأَنَّهُ دَرَسَ الإِنْجِلِيزِيَّةَ فِي أَمْرِيكَا لِمُدَّةٍ أَكْثَرَ مِنْ عَشْرَةِ أَعْوَامٍ .

عِنْدِي أُخْتٌ أَصْغَرُ مِنِّي بِسَنَتَيْنِ ، هِيَ الآنَ تَدْرُسُ فِي الْمَدْرَسَةِ الثَّانَوِيَّةِ ، وَهِيَ تُرِيدُ أَنْ تَدْرُسَ اللُّغَةَ الْعَرَبِيَّةَ بَعْدَ الثَّانَوِيَّةِ . لأَنَّهَا تُحِبُّ هَذِهِ اللُّغَةَ كَثِيراً . قَالَتْ أُخْتِي إِنَّهَا تُرِيدُ أَنْ تُسَافِرَ إِلَى الشَّرْقِ الأَوْسَطِ لِدِرَاسَةِ الْعَرَبِيَّةِ حَتَّى تَرْجِعَ مُعَلِّمَةً كَبِيرَةً فِي هَذِهِ اللُّغَةِ ، وَتُدَرِّسَ الْعَرَبِيَّةَ فِي الْجَامِعَةِ

خَالِي عِنْدَهُ صَدِيقٌ فِي الشَّرْقِ الأَوْسَطِ ، وَهُوَ يَكْتُبُ لَهُ دَائِمًا ، وَخَالِي يَعْرِفُ قَلِيلاً مِنَ الْعَرَبِيَّةِ ، يَتَعَلَّمُ الْعَرَبِيَّةَ مِنَ الرَّادِيُو ثَلَاثَةَ أَيَّامٍ فِي الأُسْبُوعِ مِنَ السَّاعَةِ الْعَاشِرَةِ وَالنِّصْفِ إِلَى السَّاعَةِ الْحَادِيَةَ عَشْرَةَ فِي كُلِّ صَبَاحِ يَوْمِ الاثْنَيْنِ وَالأَرْبِعَاءِ وَالْجُمْعَةِ .وَهُوَ يَقْدِرُ الآنَ أَنْ يَكْتُبَ رِسَالَةً إِلَى صَدِيقِهِ بِالْعَرَبِيَّةِ وَمَا عِنْدَهُ صُعُوبَةٌ كَبِيرَةٌ . وَأَخْبَرَنِي خَالِي بِأَنَّهُ سَيُسَافِرُ إِلَى الشَّرْقِ الأَوْسَطِ فِي شَهْرِ سَبْتَمْبَرَ الْقَادِمِ لِيَرَى صَدِيقَهُ هُنَاكَ .

第十四課

單字解釋 المفردات

كَمْ	多少	عُمْرٌ ج أَعْمَارٌ	年齡
أُخْتٌ ج أَخَوَاتٌ	姊妹	إِحْزِرْ	你猜（命令式）
أَعْتَقِدُ	我認為	يَبْلُغُ	到達
أَكْثَرُ مِنْ	比……大，多	أَخٌ ج إِخْوَانٌ ، إِخْوَةٌ	兄弟
صَغِيرٌ	小的	بَيْنَ	介於
أَصْغَرُ مِنْ	比……小	الأَكْبَرُ	最大
صَغِيرَةٌ	小的（陰）	أَخْبَرَ	告訴
فَرْدٌ ج أَفْرَا ٌ	個人	عَائِلَةٌ ج عَائِلَاتٌ	家庭
خَالٌ ج أَخْوَالٌ	舅舅	قَضَاءٌ	渡過

الدرس الخامس عشر   فِي أَيَّةِ سَاعَةٍ تَقُومُ مِنَ النَّوْمِ يَوْمِيًا فِي الصَّبَاحِ ؟

١ - فِي أَيَّةِ سَاعَةٍ تَقُومُ مِنَ النَّوْمِ يَوْمِيًا فِي الصَّبَاحِ ؟

٢ - أَقُومُ مِنَ النَّوْمِ مُبَكِّراً عَادَةً .

٣ - أَقُومُ مِنَ النَّوْمِ فِي السَّاعَةِ السَّادِسَةِ صَبَاحًا كُلَّ يَوْمٍ .

٤ - لاَ أَقُومُ مِنَ النَّوْمِ مُتَأَخِّراً .

٥ - بَعْدَ أَنْ أَغْسِلَ أَسْنَانِي وَوَجْهِي وَأَلْبِس مَلاَبِسِي أَتَنَاوَلُ فُطُورِي .

٦ - عَادَةً آكُلُ فُطُوراً بَسِيطًا فِي الصَّبَاحِ .

٧ - فُطُورِي يَتَكَوَّنُ مِنَ الْخُبْزِ وَالْحَلِيبِ وَالْبَيْضِ .

٨ - أَتْرُكُ الْبَيْتَ فِي السَّاعَةِ السَّابِعَةِ صَبَاحًا كُلَّ يَوْمٍ .

٩ - أَبْدَأُ شُغْلِي فِي السَّاعَةِ التَّاسِعَةِ كُلَّ صَبَاحٍ .

١٠- أَجْتَهِدُ فِي عَمَلِي طُولَ الصَّبَاحِ .

١١ - أَتَنَاوَلُ غَدَائِي فِي السَّاعَةِ الثَّانِيَةَ عَشْرَةَ وَالنِّصْفِ ظُهْراً .

١٢ - أَنْتَهِي مِنْ عَمَلِي الْيَوْمِي فِي السَّاعَةِ الْخَامِسَةِ إلاَّ رُبْعًا .

١٣ - أَتَنَاوَلُ عَشَائِي فِي السَّاعَةِ السَّابِعَةِ مَسَاءً .

١٤ - بَعْدَ الْعَشَاءِ أَقْرَأُ الْجَرِيدَةَ الْمَسَائِيَّةَ ثُمَّ أَتَفَرَّجُ عَلَى التِّلْفِزِيُونِ .

١٥ - أَنَامُ عَادَةً قَبْلَ مُنْتَصَفِ اللَّيْلِ .

第十五課　你每天早上幾點起床？

1. 你每天早上幾點起床？
2. 我通常起得很早。
3. 我每天早上六點起床。
4. 我不會起得很晚。
5. 我在刷牙洗臉穿好衣服之後就吃早餐。
6. 通常我在早餐吃得很簡單。
7. 我的早餐就是麵包、牛奶和蛋。
8. 我每天早上七點離開家。
9. 我每天早上九點開始工作。
10. 我整個早上都在努力工作。
11. 我中午十二點半吃午餐。
12. 我每天五點差一刻做完我的工作。
13. 我晚上七點吃晚飯。
14. 晚飯後，我看晚報，然後觀賞電視。
15. 我通常在午夜前入睡。

句型練習

تدريب للبديل

١ - | فِي أَيِّ وَقْتٍ / فِي أَيَّةِ سَاعَةٍ / مَتَى | تَسْتَيْقِظُ / تَقُومُ | مِنَ النَّوْمِ يَوْمِيًا فِي الصَّبَاحِ ؟

٢ - | أَسْتَيْقِظُ مِنَ النَّوْمِ / أَقُومُ مِنَ النَّوْمِ / أَتَنَاوَلُ فُطُورِي / آكُلُ الْغَدَاءَ / آكُلُ الْعَشَاءَ / أَنَامُ / أَذْهَبُ إِلَى الْعَمَلِ | مُبَكِّرًا عَادَةً .

٣ - | لاَ أَقُومُ مِنَ النَّوْمِ / لاَ أَسْتَيْقِظُ مِنَ النَّوْمِ / لا أَنَامُ | مُتَأَخِّرًا .

٤ - | فُطُورِي | يَتَكَوَّنُ مِنَ | الْخُبْزِ وَالْحَلِيبِ وَالْبَيْضِ | .
| غَدَائِي | | الرُّزِ وَاللَّحْمِ |
| عَشَائِي | | الْخُضَارِ وَالسَّمَكِ |

٥ - أَتْرُكُ | الْبَيْتَ | فِي السَّاعَةِ السَّابِعَةِ صَبَاحًا كُلَّ يَوْمٍ .
| بَيْتِي |
| الْمَكْتَبَ |
| الْمَدْرَسَةَ |

٦ - أَجْتَهِدُ فِي | عَمَلِي | طُولَ | الصَّبَاحِ | .
دِرَاسَتِي		الْيَوْمِ
شُغْلِي		الْمَسَاءِ
		النَّهَارِ
		اللَّيْلِ

٧ - أَنَامُ عَادَةً | قَبْلَ | مُنْتَصَفِ اللَّيْلِ .
| بَعْدَ |

الأسئلة والأجوبة

١ - فِي أيِّ وَقْتٍ تَسْتَيْقِظُ مِنَ النَّوْمِ فِي الصَّبَاحِ يَوْمِيًا ؟

أَسْتَيْقِظُ مِنَ النَّوْمِ مُبَكِّراً فِي الصَّبَاحِ يَوْمِيًا .

٢ - هَلْ أَنْتِ تَسْتَيْقِظِينَ مِنَ النَّوْمِ مُبَكِّرَةً يَوْمِيًا ؟

نَعَمْ ، أَسْتَيْقِظُ مِنَ النَّوْمِ مُبَكِّرَةً يَوْمِيًا .

٣ - فِي أَيَّةِ سَاعَةٍ تَسْتَيْقِظِينَ مِنَ النَّوْمِ فِي الصَّبَاحِ ؟

أَسْتَيْقِظُ مِنَ النَّوْمِ فِي السَّاعَةِ السَّادِسَةِ صَبَاحًا .

٤ - مَاذَا تَعْمَلُ (تَعْمَلِينَ) بَعْدَ أَنْ تَقُومَ (تَقُومِي) مِنَ النَّوْمِ ؟

أَغْسِلُ وَجْهِي وَأَسْنَانِي ثُمَّ أَتَنَاوَلُ الْفُطُورَ .

٥ - مَاذَا تَأْكُلُ (تَأْكُلِينَ) فِي الْفُطُورِ ؟

آكُلُ الْخُبْزَ وَأَشْرَبُ الْحَلِيبَ فِي الْفُطُورِ .

٦ - مِمَّا يَتَكَوَّنُ غَدَاءُكَ ؟

غَدَائِي يَتَكَوَّنُ مِنَ الرُّزِ وَاللَّحْمِ وَالْخُضَارِ .

問題與回答

1. 你每天早上什麼時候醒來？

   我每天早上很早就醒來。

2. 妳每天早上很早醒來嗎？

   是的，我每天早上很早就醒來。

3. 妳每天早上幾點醒來？

   我每天早上六點就醒來。

4. 你（妳）起床後做什麼？

   我刷牙洗臉後就用早餐。

5. 你（妳）早餐吃什麼？

   我早餐吃麵包喝牛奶。

6. 你的午餐是些什麼？

   我的午餐有飯、肉和青菜。

٧ - فِي أَيِّ وَقْتٍ تَتْرُكُ (تَتْرُكِينَ) بَيْتَكَ وَتَذْهَبُ (تَذْهَبِينَ) إِلَى الْعَمَلِ ؟

أَتْرُكُ بَيْتِي وَأَذْهَبُ لِلْعَمَلِ فِي السَّاعَةِ السَّابِعَةِ صَبَاحًا .

٨ - فِي أَيَّةِ سَاعَةٍ تَبْدَأُ (تَبْدَئِينَ) الْعَمَلَ فِي الصَّبَاحِ ؟

أَبْدَأُ شُغْلِي فِي السَّاعَةِ التَّاسِعَةِ وَالنِّصْفِ فِي الصَّبَاحِ .

٩ - هَلْ تَجْتَهِدُ (تَجْتَهِدِينَ) فِى الشُّغْلِ ؟

نَعَمْ ، أَجْتَهِدُ كَثِيراً فِي الشُّغْلِ طُولَ الْيَوْمِ .

١٠ - مَتَى تَتَنَاوَلُ (تَتَنَاوَلِينَ) الْغَدَاءَ ؟

أَتَنَاوَلُ الْغَدَاءَ فِي السَّاعَةِ الثَّانِيَةَ عَشْرَةَ ظُهْراً .

١١ - فِي أَيَّةِ سَاعَةٍ تَنْتَهِي (تَنْتَهِينَ) مِنَ الْعَمَلِ الْيَوْمِيِّ ؟

أَنْتَهِي مِنَ الْعَمَلِ الْيَوْمِيِّ فِي السَّاعَةِ الْخَامِسَةِ إِلاَّ عَشَرَ دَقَائِقَ .

١٢ - فِي أَيَّةِ سَاعَةٍ تَتَنَاوَلُ (تَتَنَاوَلِينَ) الْعَشَاءَ فِي الْبَيْتِ ؟

أَتَنَاوَلُ الْعَشَاءَ فِي السَّاعَةِ السَّابِعَةِ مَسَاءً فِي الْبَيْتِ عَادَةً .

١٣ - مَاذَا تَعْمَلُ (تَعْمَلِينَ) بَعْدَ الْعَشَاءِ عَادَةً ؟

بَعْدَ الْعَشَاءِ أَقْرَأُ الْجَرِيدَةَ الْيَوْمِيَّةَ .

7. 你（妳）什麼時候離開家去上班？

 我早上七點離開家去上班。

8. 你（妳）上早上幾點開始工作？

 我早上九點半開始工作。

9. 你（妳）工作很賣力嗎？

 是的，我整天都賣力工作。

10. 你（妳）什麼時候吃午餐？

 我中午十二點吃午餐。

11. 你（妳）幾點做完每天的工作？

 我在五點差十分做完每天的工作。

12. 你（妳）幾點在家吃晚餐？

 我通常晚上七點在家吃晚餐。

13. 你（妳）在晚餐後通常做什麼？

 晚餐後我看看日報。

١٤ - هَلْ قَرَأْتَ الْجَرِيدَةَ الْمَسَائِيَّةَ ؟

لاَ ، لَمْ أَقْرَإِ الْجَرِيدَةَ الْمَسَائِيَّةَ ، وَلَكِنْ قَرَأْتُ الْجَرِيدَةَ الصَّبَاحِيَّةَ .

١٥ - هَلْ تُحِبُّ (تُحِبِّينَ) أَنْ تَتَفَرَّجَ (تَتَفَرَّجِي) عَلَى التِّلْفِزْيُونِ ؟

نَعَمْ ، أُحِبُّ كَثِيراً ، خَاصَّةً بَعْدَ الْعَشَاءِ . خَاصَّةً （尤其）

١٦ - فِي أَيَّةِ سَاعَةٍ تَنَامُ (تَنَامِينَ) عَادَةً ؟

أَنَامُ عَادَةً قَبْلَ مُنْتَصَفِ اللَّيْلِ .

١٧ - هَلْ تَقُومُ (تَقُومِينَ) مُتَأَخِّراً (مُتَأَخِّرَةً) فِي يَوْمِ الْعُطْلَةِ ؟

نَعَمْ ، أَقُومُ مُتَأَخِّراً (مُتَأَخِّرَةً) فِي يَوْمِ الْعُطْلَةِ .

١٨ - مَتَى تَنْتَهِي مِنْ عَمَلِكَ فِي الشَّرِكَةِ عَادَةً ؟

أَنْتَهِي مِنْ عَمَلِي فِي الشَّرِكَةِ عَادَةً فِي السَّادِسَةِ مَسَاءً .

١٩ - هَلْ تَنْتَظِرُكَ زَوْجَتُكَ لِلْعَشَاءِ كُلَّ يَوْمٍ ؟

نَعَمْ ، زَوْجَتِي تَنْتَظِرُنِي لِلْعَشَاءِ فِي الْبَيْتِ كُلَّ يَوْمٍ .

٢٠ - هَلْ تَرْجِعُ إِلَى الْبَيْتِ لِلْعَشَاءِ كُلَّ يَوْمٍ ؟

طَبْعًا ، أَرْجِعُ إِلَى الْبَيْتِ لِتَنَاوُلِ الْعَشَاءِ فِي السَّابِعَةِ كُلَّ يَوْمٍ .

14. 你（妳）看過晚報了嗎？

   晚報我還沒看，但是早報我看過了。

15. 你（妳）喜歡看電視嗎？

   我蠻喜歡看電視，尤其是在晚餐後。

16. 你（妳）通常幾點睡覺？

   我通常在午夜前睡覺。

17. 你（妳）在假日起得很晚嗎？

   是的，我在假日起得蠻晚的。

18. 通常你什麼時候做完公司的事？

   通常我晚上六點做完公司的工作。

19. 你的太太每天等你吃晚餐嗎？

   是的，我的太太每天等我吃晚餐。

20. 你每天回家吃晚餐嗎？

   當然囉，我每天七點回家吃晚餐。

المحادثة

١ - فِي أيِّ وَقْتٍ تَقُومُ مِنَ النَّوْمِ فِي الصَّبَاحِ ؟ يَا حَسَنُ .

عَادَةً أَقُومُ مِنَ النَّوْمِ فِي السَّاعَةِ السَّادِسَةِ وَالنِّصْفِ صَبَاحًا .

هَلْ أَنْتَ تَقُومُ مِنَ النَّوْمِ فِي السَّادِسَةِ وَالنِّصْفِ يَوْمِيًا ؟

لاَ ، لاَ أَقُومُ مِنَ النَّوْمِ فِي بَعْضِ الأَيَّامِ إلاَّ فِي الثَّامِنَةِ صَبَاحًا .

هَلْ تَعْرِفُ فِي أَيَّةِ سَاعَةٍ يَقُومُ خَالِدٌ ؟

نَعَمْ ، أَعْرِفُ ، يَقُومُ خَالِدٌ فِي السَّابِعَةِ .

هَلْ هُوَ يَقُومُ مُتَأَخِّرًا أَحْيَانًا ؟

نَعَمْ ، أَحْيَانًا لاَ يَقُومُ إلاَّ فِي الْعَاشِرَةِ صَبَاحًا .

هَلْ أَخُوكَ يَقُومُ مِنَ النَّوْمِ قَبْلَكَ عَادَةً ؟

لاَ ، يَقُومُ عَادَةً بَعْدِي .

第十五課

會話

1. 哈珊,你早上什麼時候起床?

    我通常早上六點半起床。

    你每天六點半起床嗎?

    不,有時候我早上不到八點都不起來。

    你知道哈立德幾點起床嗎?

    我知道,哈立德七點起床。

    他有時候也起得很晚嗎?

    是啊,有時候他不到十點不起來。

    通常你的兄弟比你先起來嗎?

    不,他比我晚起。

٢ - هَلْ تَسْتَيْقِظِينَ مُتَأَخِّرَةً عادَةً ؟ يَا خَالِدَةُ .

لاَ ، أَحْيَانًا أَسْتَيْقِظُ مِنَ النَّوْمِ مُبَكِّرَةً .

لِمَاذَا تَسْتَيْقِظِينَ مُبَكِّرَةً الْيَوْمَ ؟

لأَنَّ عِنْدِي دَرْسًا فِي السَّاعَةِ الثَّامِنَةِ وَعَشَرِ دَقَائِقَ صَبَاحَ الْيَوْمِ .

هَلْ تَتَنَاوَلِينَ فُطُورَكِ قَبْلَ الدَّرْسِ ؟

نَعَمْ ، أَتَنَاوَلُ فُطُورِي بَعْدَ أَنْ أَقُومَ مِنَ النَّوْمِ عَادَةً .

٣ - فِي أَيَّةِ سَاعَةٍ تَتْرُكُ بَيْتَكَ وَتَذْهَبُ إِلَى الْمَدْرَسَةِ صَبَاحًا ؟

أَتْرُكُ بَيْتِي وَأَذْهَبُ إِلَى الْمَدْرَسَةِ فِي السَّاعَةِ السَّابِعَةِ تَمَامًا صَبَاحًا .

هَلْ تَأْكُلُ فُطُورَكَ قَبْلَ أَنْ تَتْرُكَ الْبَيْتَ ؟

لاَ ، لاَ آكُلُ فُطُورِي فِي الْبَيْتِ ، آكُلُهُ فِي مَطْعَمٍ قَرِيبٍ مِنَ الْمَدْرَسَةِ .

مَاذَا تَأْكُلُ عَادَةً فِي الْفُطُورِ ؟

يَتَكَوَّنُ فُطُورِي عَادَةً مِنَ الْخُبْزِ وَالْبَيْضِ وَالشَّايِ .

هَلْ تَتَغَدَّى فِي مَطْعَمِ الْمَدْرَسَةِ ؟

نَعَمْ ، أَتَغَدَّى فِي مَطْعَمِ الْمَدْرَسَةِ ، كَذَلِكَ أَتَعَشَّى هُنَاكَ .

2. 哈立達，妳通常起得很晚嗎？

   不，有時候我很早就起來。

   今天妳為什麼起得那麼早呢？

   因為今天早上八點十分我有課。

   妳上課前先吃早餐嗎？

   是啊，我通常起床後就吃早餐。

3. 早上你幾點出門上學？

   我早上七點整出門上學。

   你出門之前先吃早餐嗎？

   不，我不在家吃早餐，我在學校附近餐廳吃的。

   通常你早餐吃些什麼？

   我的早餐通常是麵包、蛋和茶。

   你在學校餐廳吃午餐嗎？

   是的，我在學校吃午餐，晚餐也是。

٤ - هَلْ تَتَفَرَّجُ عَلَى التِّلْفِزْيُون كُلَّ مَسَاءٍ ؟

نَعَمْ ، أَتَفَرَّجُ عَلَى التِّلْفِزْيُونِ كُلَّ مَسَاءٍ بَعْدَ الْعَشَاءِ .

مَا هُوَ الْبَرْنَامِجُ الَّذِي تُفَضِّلُهُ أَكْثَرَ ؟ بَرْنَامِجٌ （節目）

أُفَضِّلُ بَرْنَامِجَ الْغِنَاءِ وَالرَّقْصِ أَكْثَرَ . غِنَاءٌ （歌唱） رَقْصٌ （舞蹈）

أَلاَ تَقْرَأُ الْجَرَائِدَ الْيَوْمِيَّةَ ؟

بَلى ، أَقْرَأُ الْجَرَائِدَ الصَّبَاحِيَّةَ وَالْمَسَائِيَّةَ كُلَّ يَوْمٍ .

هَلْ تَقْرَأُ الْجَرَائِدَ الصِّينِيَّةَ أَوِ الْعَرَبِيَّةَ ؟

أَقْرَأُ الْجَرَائِدَ الصِّينِيَّةَ .

أ لاَ تَقْرَأُ الْجَرَائِدَ الْعَرَبِيَّةَ ؟

بَلى ، أَقْرَأُ الْجَرَائِدَ الْعَرَبِيَّةَ دَائِمًا .

هَلْ تَفْهَمُ مَا تَقْرَأُ جَيِّداً ؟

لاَ ، أَحْيَانًا لاَ أَفْهَمُهَا ، لأَنَّ فِيهَا كَلِمَاتٍ جَدِيدَةً .

مَاذَا تَعْمَلُ فِي هَذِهِ الْحَالَةِ ؟

أَسْأَلُ صَدِيقِي أَوْ أَبْحَثُ عَنِ الْكَلِمَاتِ الْجَدِيدَةِ مِنَ الْقَامُوسِ .

4. 你每天晚上都看電視嗎？

　　是的，我每天晚上晚餐後都看電視。

　　你比較喜歡看什麼節目？

　　我比較喜歡看歌舞節目。

　　你不看日報嗎？

　　看呀，我每天都看早報與晚報。

　　你看中文報還是阿拉伯文報？

　　我看中文報。

　　你不看阿拉伯文報紙嗎？

　　看呀，我常看阿拉伯文報紙。

　　你看得懂嗎？

　　有時候不太懂，因為有生字。

　　在這種情況下你怎麼辦？

　　問朋友，或從字典中查生字。

短文 تمرين للقراءة

فِي عَائِلَتِي خَمْسَةُ أَفْرَادٍ ، هُمْ أَبِي وَأُمِّي وَأَخِي الْكَبِيرِ وَأُخْتِي الصَّغِيرَةِ وَأَنَا . أُمِّي تَقُومُ مِنَ النَّوْمِ فِي السَّاعَةِ السَّادِسَةِ صَبَاحًا كُلَّ يَوْمٍ ، أَبِي يَقُومُ فِي السَّادِسَةِ وَالنِّصْفِ ، أَنَا أَقُومُ فِي السَّابِعَةِ أَوِ الثَّامِنَةِ عَادَةً ، وَأَخِي يَقُومُ يَوْمِيًّا قَبْلَ أَنْ أَقُومَ ، وَأَنَا أَقُومُ قَبْلَ أَنْ تَقُومَ أُخْتِي الصَّغِيرَةُ . أَقُومُ مِنَ النَّوْمِ فِي السَّابِعَةِ إِذَا كَانَ عِنْدِي دَرْسٌ فِي الصَّبَاحِ ، وَإِلاَّ فَلاَ أَسْتَيْقِظُ مِنَ النَّوْمِ إِلاَّ بَعْدَ الثَّامِنَةِ .

بَعْدَ أَنْ أَسْتَيْقِظَ ، أَقُومُ وَأَلْبَسُ مَلاَبِسِي ، وَبَعْدَ أَنْ أَلْبَسَ مَلاَبِسِي ، أَتَنَاوَلُ الْفُطُورَ الْبَسِيطَ ، فُطُورِي يَتَكَوَّنُ مِنَ الْخُبْزِ وَالْحَلِيبِ . أَمَّا أَخِي فَهُوَ يُفَضِّلُ الشَّايَ عَلَى الْحَلِيبِ فِي الْفُطُورِ ، وَأَبِي لاَ يَشْرَبُ الشَّايَ وَلاَ الْحَلِيبَ فِي الصَّبَاحِ ، وَلَكِنْ يَشْرَبُ ثَلاَثَةَ فَنَاجِينَ مِنَ الْقَهْوَةِ . نَنْتَهِي مِنَ الْفُطُورِ تَقْرِيبًا فِي السَّابِعَةِ وَالثُّلْثِ ، ثُمَّ نَتْرُكُ بَيْتَنَا جَمِيعًا إِلاَّ أُمِّي ، أَبِي يَذْهَبُ لِلْعَمَلِ فِي الشَّرِكَةِ التِّجَارِيَّةِ ، وَأَخِي يَذْهَبُ إِلَى الْمَدْرَسَةِ الثَّانَوِيَّةِ لِتَدْرِيسِ اللُّغَةِ الإِنْجِلِيزِيَّةِ ، أَنَا أَذْهَبُ إِلَى الْجَامِعَةِ ، أُخْتِي تَذْهَبُ إِلَى الْمَدْرَسَةِ الثَّانَوِيَّةِ لِلدِرَاسَةِ .

أَبِي يَرْجِعُ إِلَى الْبَيْتِ بَعْدَ انْتِهَائِهِ مِنَ الْعَمَلِ فِي السَّاعَةِ السَّادِسَةِ

مَسَاءً ، أَخِي وَأَنَا وأُخْتِي نَصِلُ إِلَى الْبَيْتِ يَوْمِيًا فِي السَّاعَةِ السَّادِسَةِ وَالنِّصْفِ تَقْرِيبًا ، وفِي السّابِعَةِ نَتَعَشَّى مَعًا فِي الْبَيْتِ ، وبَعْدَ ذَلِكَ نَتَفَرَّجُ عَلَى التَّلْفِزْيُونِ إِلَى الْحَادِيَةَ عَشْرَةَ ، ثُمَّ نَذْهَبُ إِلَى النَوْمِ .

單字解釋   المفردات

睡覺	نَوْمٌ	(你)醒來	تَسْتَيْقِظُ
通常	عَادَةً	很早的	مُبَكِّرًا
每天	كُلَّ يَوْمٍ	(我)起來	أَقُومُ
(我)穿	أَلْبَسُ	很晚的	مُتَأَخِّرًا
(我)洗	أَغْسِلُ	衣服	مَلَابِسُ م مَلْبَسٌ
牙齒	سِنٌّ ج أَسْنَانٌ	臉	وَجْهٌ ج وُجُوهٌ
簡單的	بَسِيطٌ	我用(餐)	أَتَنَاوَلُ
我離開	أَتْرُكُ	由……組成	يَتَكَوَّنُ مِنْ
我努力	أَجْتَهِدُ	工作	شُغْلٌ ج أَشْغَالٌ
整個早上	طُولَ الصَّبَاحِ	工作	عَمَلٌ ج أَعْمَالٌ
報紙	جَرِيدَةٌ ج جَرَائِدُ	我完成,結束	أَنْتَهِي مِنْ
電視	تِلْفِزْيُونٌ	我觀看	أَتَفَرَّجُ عَلَى
尤其	خَاصَّةً	午夜	مُنْتَصَفُ اللَّيْلِ
歌唱	غِنَاءٌ	節目	بَرْنَامِجٌ
舞蹈	رَقْصٌ		

筆記頁：

الدرس السادس عشر　　فِي أيِّ وَقْتٍ قُمْتَ مِنَ النَّوْمِ صَبَاحَ أَمْسِ ؟

١ - فِي أيِّ وَقْتٍ قُمْتَ مِنَ النَّوْمِ صَبَاحَ أَمْسِ ؟

٢ - قُمْتُ مُبَكِّراً صَبَاحَ أَمْسِ فِي السَّاعَةِ السَّادِسَةِ تَقْرِيبًا .

٣ - قَامَ أَخِي مِنْ نَوْمِهِ قَبْلِي صَبَاحَ الْيَوْمِ .

٤ - هَلْ لَبِسْتَ مَلاَبِسَكَ فَوْرَ قِيَامِكَ مِنَ النَّوْمِ فِي الصَّبَاحِ ؟

٥ - نَعَمْ ، لَبِسْتُ مَلاَبِسِي فَوْرَ قِيَامِي مِنَ النَّوْمِ فِي الصَّبَاحِ .

٦ - مَاذَا أَفْطَرْتَ صَبَاحَ الْيَوْمِ ؟

٧ - فِي أَيَّةِ سَاعَةٍ ذَهَبْتَ إِلَى عَمَلِكَ صَبَاحَ أَمْسِ ؟

٨ - تَرَكْتُ الْبَيْتَ فِي السَّابِعَةِ وَوَصَلْتُ إِلَى الشَّرِكَةِ فِي الثَّامِنَةِ صَبَاحَ أَمْسِ

٩ - هَلِ اشْتَغَلْتَ بِاجْتِهَادٍ طُولَ الْيَوْمِ ؟

١٠ - نَعَمْ ، اشْتَغَلْتُ بِاجْتِهَادٍ مِنَ الصَّبَاحِ إِلَى الْمَسَاءِ .

١١ - فِي الظُّهْرِ تَغَدَّيْتُ مَعَ أَحَدِ أَصْدِقَائِي .

١٢ - انْتَهَيْتُ مِنْ عَمَلِي فِي الْخَامِسَةِ وَرَجَعْتُ إِلَى الْبَيْتِ مُبَاشَرَةً .

١٣ بَعْدَ الْعَشَاءِ قَرَأْتُ بَعْضَ الْمَجَلاَّتِ وَاتَّصَلْتُ بِأَصْدِقَائِي بِالتِّلِيفُونِ .

١٤ - ذَهَبْتُ إِلَى سَرِيرِي فِي السَّاعَةِ الْحَادِيَةَ عَشْرَةَ لَيْلاً .

١٥ - نِمْتُ جَيِّداً لَيْلَةَ أَمْسِ .

第十六課　你昨天早上什麼時候起床的？

1. 你昨天早上什麼時候起床的？
2. 昨天早上我起得很早，大概六點就起來了。
3. 我的哥哥（弟弟）今天早上比我先起來。
4. 早上起來後你立刻就穿好衣服嗎？
5. 是呀，早上起床後我立刻就穿好衣服。
6. 你今天早上早餐吃了些什麼？
7. 昨天早上你幾點去上班的？
8. 我昨天早上七點出門，八點到公司。
9. 你整天都賣力工作嗎？
10. 是呀，我從早到晚都努力工作。
11. 中午我跟一位朋友吃了午餐。
12. 我五點做完工作就直接回家了。
13. 晚餐後，我看些雜誌並打電話給我的朋友們。
14. 我晚上十一點就上床睡覺了。
15. 昨天晚上我睡得很好。

句型練習

تدريب للبديل

١ - فِي أيِّ وَقْتٍ	اِسْتَيْقَظْتَ	مِنَ النَّوْمِ	صَبَاحَ أمْسِ	؟
	اِسْتَيْقَظْتُمَا		صَبَاحَ الْيَوْمِ	
	اِسْتَيْقَظْتُمْ		صَبَاحَ أوَّلِ أمْسِ	
	اِسْتَيْقَظْتِ		صَبَاحَ أمْسِ الأوَّلِ	
	اِسْتَيْقَظْتُنَّ		صَبَاحَ الأحَدِ الْمَاضِي	
	اِسْتَيْقَظَ		لَيْلَةَ أمْسِ	
	اِسْتَيْقَظَا			
	اِسْتَيْقَظُوا			
	اِسْتَيْقَظَتْ			
	اِسْتَيْقَظَتَا			
	اِسْتَيْقَظْنَ			

٢ - قَامَ أَخِي مِنْ نَوْمِهِ | قَبْلِي | صَبَاحَ الْيَوْمِ .
قَبْلَكَ
قَبْلَ السَّادِسَةِ

٣ - هَلْ لَبِسْتَ مَلَابِسَكَ | فَوْرَ قِيَامِكَ | مِنَ النَّوْمِ فِي الصَّبَاحِ ؟
فَوْرَ اسْتِيقَاظِكَ
هَلِ اشْتَغَلْتَ | فَوْرَ وُصُولِكَ | إِلَى الشَّرِكَةِ ؟

٤ - في أَيَّةِ ساعَةٍ   قُمْتَ مِنَ النَّوْمْ   يَوْمَ أَمْسِ ؟

اِسْتَيْقَظْتَ مِنَ النَّوْمْ

لَبِسْتَ مَلابِسَكَ

ذَهَبْتَ إلى السَّرِير

تَرَكْتَ الْبَيْتَ

ذَهَبْتَ إلى الْعَمَلِ

اِنْتَهَيْتَ مِنَ عَمَلِكَ

نِمْتَ

أَفْطَرْتَ

تَغَدَّيْتَ

تَعَشَّيْتَ

تَناوَلْتَ فُطُورَكَ

تَناوَلْتَ غَداءَكَ

تَناوَلْتَ عَشاءَكَ

٥ - هَلِ اشْتَغَلْتَ بِاجْتِهَادٍ طُولَ الْيَوْمِ ؟
طُولَ الصَّبَاحِ
طُولَ الْمَسَاءِ
طُولَ اللَّيْلِ
طُولَ صَبَاحِ أَمْسِ
طُولَ الأُسْبُوعِ
طُولَ الشَّهْرِ
طُولَ السَّنَةِ

٦ - فِي الظُّهْرِ تَغَدَّيْتُ مَعَ أَحَدِ أَصْدِقَائِي .
الْمُعَلِّمِينَ
زُمَلائِي
الطُّلاَّبِ
إِحْدَى صَدِيقَاتِي
الْمُعَلِّمَاتِ
زَمِيلاَتِي
الطَّالِبَاتِ

الأسئلة والأجوبة

١ - فِي أيَّةِ سَاعَةٍ قُمْتَ مِنَ النَّوْمِ صَبَاحَ أمْسِ ؟ يا خَالِدُ .

اِسْتَيْقَظْتُ مُبَكِّرًا وَقُمْتُ مِنَ النَّوْمِ فِي السَّاعَةِ السَّادِسَةِ تَقْرِيبًا .

٢ - فِي أيَّةِ سَاعَةٍ قُمْتِ مِنْ نَوْمِكِ صَبَاحَ الْيَوْمِ ؟ يا خَالِدَةُ .

قُمْتُ مِنْ نَوْمِي فِي السَّاعَةِ السَّابِعَةِ صَبَاحَ الْيَوْمِ .

٣ - هَلْ قُمْتَ مِنَ النَّوْمِ قَبْلَ أخِيكَ الْيَوْمَ ؟

لاَ ، أخِي قَامَ مِنَ النَّوْمِ قَبْلِي الْيَوْمَ .

٤ - مَاذَا فَعَلْتَ بَعْدَ قِيَامِكَ مِنَ النَّوْمِ صَبَاحَ الْيَوْمِ ؟

لَبِسْتُ مَلاَبِسِي وَغَسَلْتُ وَجْهِي وَأَسْنَانِي بَعْدَ قِيَامِي مِنَ النَّوْمِ صَبَاحَ الْيَوْمِ .

٥ - أيَّ نَوْعٍ مِنَ الْفُطُورِ تَنَاوَلْتَ صَبَاحَ الْيَوْمِ ؟

تَنَاوَلْتُ فُطُوراً بَسِيطًا جِداً صَبَاحَ الْيَوْمِ .

٦ - فِي أيَّةِ سَاعَةٍ تَرَكْتَ الْبَيْتَ وَذَهَبْتَ لِلْعَمَلِ يَوْمَ السَّبْتِ الْمَاضِي ؟

تَرَكْتُ الْبَيْتَ وَذَهَبْتُ لِلْعَمَلِ فِي السَّاعَةِ الثَّامِنَةِ وَالرُّبْعِ .

問題與回答

1. 哈立德，昨天早上你幾點起床？

    我很早就醒，大概六點就起床了。

2. 哈立達，今天早上妳幾點起床？

    我今天早上七點就起床了。

3. 今天你比你的哥哥（弟弟）先起床嗎？

    不，我的哥哥（弟弟）今天比我先起床。

4. 今天早上起床後你做了什麼？

    今天早上起床後我就穿衣服，刷牙，洗臉。

5. 今天早上你早餐吃什麼？

    今天早上我吃了一個很簡單的早餐。

6. 上個禮拜六你幾點離開家去上班？

    我在八點一刻離開家去上班。

٧ - فِي أَيَّةِ سَاعَةٍ وَصَلْتَ إِلَى الشَّرِكَةِ صَبَاحَ الْيَوْمِ ؟

وَصَلْتُ إِلَى الشَّرِكَةِ صَبَاحَ الْيَوْمِ فِي السَّاعَةِ التَّاسِعَةِ إِلاَّ ثُلْثًا .

٨ - مَعَ مَنْ تَغَدَّيْتَ ظُهْرَ الْيَوْمِ ؟

تَغَدَّيْتُ ظُهْرَ الْيَوْمِ مَعَ أَحَدِ أَصْدِقَائِي مِنَ الشَّرْقِ الأَوْسَطِ .

٩ - هَلِ اشْتَغَلْتَ بِاجْتِهَادٍ طُولَ ظُهْرِ الْيَوْمِ ؟

لاَ ، مَا عِنْدِي شُغْلٌ طُولَ ظُهْرِ الْيَوْمِ وَلَكِنْ قَرَأْتُ بَعْضَ الْمُجَلاَّتِ .

١٠ - فِي أَيَّةِ سَاعَةٍ انْتَهَيْتَ مِنْ شُغْلِكَ مَسَاءَ الْيَوْمِ ؟

انْتَهَيْتُ مِنْ شُغْلِي مَسَاءَ الْيَوْمِ فِي السَّاعَةِ الرَّابِعَةِ وَخَمْسِينَ دَقِيقَةً .

١١ - مَتَى قَرَأْتَ جَرِيدَةَ الْيَوْمِ ؟

قَرَأْتُ جَرِيدَةَ الْيَوْمِ بَعْدَ أَنْ وَصَلْتُ إِلَى الْمَكْتَبِ .

١٢ - فِي أَيَّةِ سَاعَةٍ خَرَجْتَ مِنَ الْمَكْتَبِ لِلْغَدَاءِ ظُهْرَ الْيَوْمِ ؟

خَرَجْتُ مِنَ الْمَكْتَبِ لِلْغَدَاءِ ظُهْرَ الْيَوْمِ فِي السَّاعَةِ الثَّانِيَةَ عَشْرَةَ تَمَامًا

١٣ - مَاذَا فَعَلْتَ بَعْدَ الْعَشَاءِ يَوْمَ أَمْسِ ؟

تَفَرَّجْتُ عَلَى التِّلِيفِزْيُونِ وَقَرَأْتُ الْمَجَلاَّتِ بَعْدَ الْعَشَاءِ يَوْمَ أَمْسِ .

7. 今天早上你幾點到公司的?

   今天早上我差二十分九點就到公司了。

8. 今天中午你跟誰一塊吃午餐的?

   今天中午我跟一位來自中東的朋友一塊吃午餐的。

9. 整個中午你都努力工作嗎?

   不,整個中午我都沒事,但是我看了一些雜誌。

10. 昨天下午你幾點把事情做完的?

    昨天下午我四點五十分就把事情做完了。

11. 今天你什麼時候看了報紙?

    我今天到辦公室後就看了報紙。

12. 今天中午你幾點離開辦公室去吃午餐的?

    今天中午我十二點整離開辦公室去吃午餐的。

13. 昨天吃過晚餐後你做了什麼?

    昨天吃過晚餐後我就觀賞電視與閱讀雜誌。

١٤ - بِمَن اتَّصَلْتَ بالتَّلِيفُونِ مَسَاءَ أَمْسِ ؟

اتَّصَلْتُ بِأَحَدِ أُصْدِقَائِي بِالتَّلِيفُونِ مَسَاءَ أَمْسِ .

١٥ - هَلْ ذَهَبْتَ إِلَى السَّرِيرِ مُبَاشَرَةً بَعْدَ الْعَشَاءِ أَمْسِ ؟

لاَ ، مَا ذَهَبْتُ إِلَى السَّرِيرِ مُبَاشَرَةً بَعْدَ الْعَشَاءِ أَمْسِ .

١٦ - هَلْ نِمْتَ جَيِّداً لَيْلَةَ أَمْسِ ؟

لاَ ، مَا نِمْتُ جَيِّداً ، وَلَمْ أَعْرِفْ نَوْمًا لَيْلَةَ أَمْسِ .

١٧ - هَلْ نَامَتْ أُخْتُكَ الصَّغِيرَةُ جَيِّداً ؟

نَعَمْ ، هِيَ نَامَتْ جَيِّداً .

١٨ - فِي أَيَّةِ سَاعَةٍ ذَهَبْتَ إِلَى السَّرِيرِ لَيْلَةَ أَمْسِ ؟

ذَهَبْتُ إِلَى السَّرِيرِ لَيْلَةَ أَمْسِ فِي السَّاعَةِ الْحَادِيَةَ عَشْرَةَ .

١٩ - هَلْ نِمْتَ مُبَاشَرَةً بَعْدَ أَنْ ذَهَبْتَ إِلَى السَّرِيرِ ؟

لاَ ، تَفَرَّجْتُ عَلَى التِّلْفِزْيُونَ لِسَاعَةٍ تَقْرِيبًا ثُمَّ نِمْتُ .

٢٠ - هَلْ نِمْتَ مُتَأَخِّراً أَمْسِ ؟

لاَ ، نِمْتُ مُبَكِّراً أَمْسِ ، لأَنَّ بَرْنَامِجَ التِّلْفِزْيُونِ مَا كَانَ جَيِّداً .

第十六課

14. 昨天晚上你跟誰打電話?

    昨天晚上我跟一位朋友打了電話。

15. 昨天晚上吃完晚飯後你就立刻睡覺了嗎?

    不,昨天晚上吃完晚飯後我沒有立刻就去睡覺。

16. 昨天晚上你睡得很好嗎?

    不,我睡得不好,昨天晚上我失眠了。

17. 你的妹妹睡得很好嗎?

    是的,她睡得很好。

18. 昨天晚上你幾點上床的?

    昨天晚上我十一點就上床了。

19. 你上床後就立刻睡覺了嗎?

    不,我大概看了一個鐘頭的電視然後才睡覺。

20. 你昨天很晚睡嗎?

    不,我昨天很早睡,因為電視節目不好看。

المحادثة

١ - فِي أَيَّةِ سَاعَةٍ قُمْتَ مِنْ نَوْمِكَ صَبَاحَ أَمْسِ ؟

قُمْتُ مِنْ نَوْمِي صَبَاحَ أَمْسِ فِي السَّادِسَةِ تَمَامًا .

فِي أَيِّ وَقْتٍ قَامَتْ زَمِيلَتُكَ خَالِدَةُ مِنْ نَوْمِهَا صَبَاحَ أَمْسِ ؟

هِيَ قَامَتْ مِنْ نَوْمِهَا فِي الْوَقْتِ الَّذِي قُمْتُ فِيهِ صَبَاحَ أَمْسِ .

هَلْ لَبِسْتَ مَلاَبِسَكَ فَوْرَ قِيَامِكَ مِنَ النَّوْمِ ؟

نَعَمْ ، لَبِسْتُ مَلاَبِسِي فَوْرَ قِيَامِي مِنَ النَّوْمِ .

هَلْ تَنَاوَلْتَ فُطُورَكَ مُبَاشَرَةً بَعْدَ أَنْ غَسَلْتَ وَجْهَكَ وَأَسْنَانَكَ ؟

لاَ ، مَا تَنَاوَلْتُ فُطُورِي مُبَاشَرَةً ، قَرَأْتُ الْجَرِيدَةَ قَبْلَ الْفُطُورِ .

٢ - هَلْ تَرَكْتَ الْبَيْتَ صَبَاحَ الْيَوْمِ فِي السَّاعَةِ الثَّامِنَةِ ؟

لاَ أَتَذَكَّرُ فِي أَيَّةِ سَاعَةٍ تَرَكْتُ الْبَيْتَ صَبَاحَ الْيَوْمِ .

فِي أَيِّ وَقتٍ ذَهَبْتَ إِلَى الْعَمَلِ أَمْسِ ؟

ذَهَبْتُ إِلَى الْعَمَلِ فِي الثَّامِنَةِ وَالنِّصْفِ يَوْمَ أَمْسِ .

اِشْتَغَلْتَ بِاجْتِهَادٍ صَبَاحَ أَمْسِ ، أَ لَيْسَ كَذَلِكَ ؟

بَلَى ، اِشْتَغَلْتُ بِاجْتِهَادٍ طُولَ صَبَاحِ أَمْسِ .

第十六課

會話

1. 昨天早上你是幾點起床的?

   昨天早上我六點整起來的。

   昨天早上你的朋友哈立達什麼時候起來的?

   昨天早上我起床的時候她就起來了。

   你起床後就立刻穿上衣服嗎?

   是的,我起床後就立刻穿上衣服。

   你刷牙洗臉後就立刻吃早餐嗎?

   不,我沒有立刻吃早餐,早餐前我先看報紙。

2. 你今天早上是八點離開家的嗎?

   我不記得今天早上是幾點離開家的。

   昨天你幾點去上班的?

   昨天我是八點半去上班的。

   昨天早上你很賣力工作,不是嗎?

   沒錯,昨天整個早上我都很賣力工作。

٣ - هَلْ أَنْتِ ذَهَبْتِ إِلَى السَّرِيرِ مُتَأَخِّرَةً لَيْلَةَ أَمْسِ ؟ يَا فَرِيدَةُ .

لاَ أَتَذَكَّرُ هَلْ ذَهَبْتُ إِلَى السَّرِيرِ مُتَأَخِّرَةً لَيْلَةَ أَمْسِ .

هَلْ نِمْتِ مُبَاشَرَةً بَعْدَ أَنْ ذَهَبْتِ إِلى غُرْفَةِ نَوْمِكِ ؟

نَعَمْ ، نِمْتُ مُبَاشَرَةً بَعْدَمَا دَخَلْتُ غُرْفَةَ نَوْمِي .

هَلْ شَاهَدْتِ التِّلْفِزْيُونَ بَعْدَ الْعَشَاءِ أَمْسِ ؟

لاَ ، لَمْ أُشَاهِدِ التِّلْفِزْيُونَ ، قَرَأْتُ بَعْضَ الْمَجَلاَّتِ بَعْدَ الْعَشَاءِ أَمْسِ .

مَا ذَهَبْتُ إِلَى الْعَمَلِ أَمْسِ ، هَلْ أَنْتَ ذَهَبْتَ إِلَى الْعَمَلِ ؟

لاَ ، لَمْ أَذْهَبْ إِلَى الْعَمَلِ أَيْضًا أَمْسِ .

٤ - مَا نِمْتُ لَيْلَةَ أَمْسِ إِلاَّ بَعْدَ السَّاعَةِ الْوَاحِدَةِ بَعْدَ مُنْتَصَفِ اللَّيْلِ .

وَأَنَا مَا نِمْتُ لَيلَةَ أَمْسِ إِلاَّ بَعْدَ مُنْتَصَفِ اللَّيْلِ أَيْضًا .

قُمْتُ مِنَ النَّوْمِ صَبَاحَ الْيَوْمِ فِي السَّاعَةِ السَّادِسَةِ تَمَامًا .

وَأَنَا لَمْ أَقُمْ مِنَ النَّوْمِ إِلاَّ بَعْدَ السَّابِعَةِ صَبَاحَ الْيَوْمِ .

بَعْدَ أَنْ قُمْتُ مِنَ النَّوْمِ شَرِبْتُ الشَّايَ وَأَكَلْتُ الْخُبْزَ .

فِي أَيَّةِ سَاعَةٍ تَرَكْتَ الْبَيْتَ بَعْدَ الْفُطُورِ ؟

تَرَكْتُ الْبَيْتَ فَوْرَ انْتِهَائِي مِنْ فُطُورِي فِي الثَّامِنَةِ تَمَامًا .

هَلْ أَخُوكَ تَرَكَ الْبَيْتَ قَبْلَكَ ؟

لاَ هُوَ تَرَكَ الْبَيْتَ بَعْدِي .

第十六課

3. 法立達,妳昨天晚上很晚才上床睡覺嗎?

   我不記得我昨天晚上是不是很晚才上床睡覺。

   妳到臥室後立刻就睡覺了嗎?

   是的,我進入臥室後立刻就睡覺了。

   昨天晚餐後你有看電視嗎?

   沒有,我沒看電視,昨天晚餐後,我看些雜誌。

   我昨天沒去上班,你有沒有去上班?

   沒有,我昨天也沒去上班。

4. 我昨天午夜一點後才睡覺。

   我昨天也在午夜一點後才睡覺。

   我今天早上六點整就起來了。

   今天早上我七點多才起來。

   我起床後喝了茶,吃了麵包。

   早餐後,你幾點離開家的?

   八點整我吃完早餐後就立刻離開家了。

   你的哥哥(弟弟)比你先離開家的嗎?

   不,他在我之後離開家的。

短文

تمرين للقراءة والفهم

أَقُومُ مِنَ النَّوْمِ مُبَكِّرًا عَادَةً ، بَعْدَ أَنْ أَغْسِلَ وَجْهِي وَأَسْنَانِي أَتَنَاوَلُ الْفُطُورَ ، ثُمَّ أَذْهَبُ إِلَى الْعَمَلِ فِي السَّاعَةِ الثَّامِنَةِ . أَشْتَغِلُ بِاجْتِهَادٍ طُولَ الْيَوْمِ وَأَنْتَهِي مِنْ عَمَلِي فِي الْخَامِسَةِ مَسَاءً تَقْرِيبًا ، ثُمَّ أَرْجِعُ إِلَى الْبَيْتِ مُبَاشَرَةً وَأَتَنَاوَلُ الْعَشَاءَ فِي الْبَيْتِ يَوْمِيًّا فِي السَّابِعَةِ، أَذْهَبُ إِلَى النَّوْمِ فِي السَّاعَةِ الْحَادِيَةَ عَشْرَةَ عَادَةً قَبْلَ مُنْتَصَفِ اللَّيْلِ .

أَمْسِ لَمْ أَسْتَيْقِظْ مِنَ النَّوْمِ إِلاَّ بَعْدَ السَّاعَةِ الثَّامِنَةِ صَبَاحًا ، وَبَعْدَ أَنْ اسْتَيْقَظْتُ قُمْتُ فَوْرًا وَلَبِسْتُ مَلَابِسِي ، أَكَلْتُ الْفُطُورَ ثُمَّ تَرَكْتُ الْبَيْتَ فِي التَّاسِعَةِ إِلاَّ رُبْعًا ، وَكُنْتُ مُتَأَخِّرًا كَثِيرًا لَمْ أَصِلْ إِلَى مَكْتَبِي إِلاَّ بَعْدَ التَّاسِعَةِ وَالنِّصْفِ . وَكَانَ شُغْلِي كَثِيرًا جِدًّا وَكُنْتُ مَشْغُولاً طُولَ الْيَوْمِ وَلَمْ أَتَنَاوَلِ الْغَدَاءَ ، وَلَمْ أَنْتَهِ مِنْ عَمَلِي إِلاَّ فِي السَّاعَةِ السَّابِعَةِ مَسَاءً ، ثُمَّ رَجَعْتُ إِلَى الْبَيْتِ وَتَأَخَّرْتُ عَنِ الْعَشَاءِ لِسَاعَةٍ وَاحِدَةٍ . بَعْدَ الْعَشَاءِ قَرَأْتُ الْجَرَائِدَ الْمَسَائِيَّةَ وَبَعْضَ

الْمَجلاَّتِ الصِّينيَّةِ والْعَرَبيَّةِ واتَّصلْتُ بأصْدقَائي بالتِّليفُونِ ، ثُمَّ اسْتَمعْتُ إلَى الرَّاديُو لِمُدَّةِ ساعَتَينِ قَبْلَ أنْ أذْهَبَ إلَى النوْمِ ، ولَكِنْ مَا نِمْتُ جَيِّداً ، لأنَّنِي كُنْتُ أُفَكِّرُ فِي أشْيَاءَ كَثِيرَةٍ .

المفردات 單字解釋

اِسْتَيْقَظْتُ	我醒了	قَامَ	起來了
فَوْرَ قِيَامِكَ مِنَ النَّوْمِ	你起床後立刻。	فَوْراً	立刻
وَصَلْتُ	我到了	أَحَدِ أَصْدِقَائِي	我的一位朋友
مُبَاشَرَةً	直接地	اِتَّصَلَ	聯絡，聯繫
تِلِيفُونٌ	電話	سَرِيرٌ	床
لَيْلاً	晚上		

الدرس السابع عشر إِلَى أَيْنَ ذَهَبْتَ يَوْمَ أَمْسِ ؟

١ - إِلَى أَيْنَ ذَهَبْتَ يَوْمَ أَمْسِ ؟

٢ - ذَهَبْتُ لِزِيَارَةِ صَدِيقِي .

٣ - هَلْ رَأَيْتَ السَّيِّدَ حَسَنًا أَمْسِ ؟

٤ - لاَ ، لَمْ أَرَ السَّيِّدَ حَسَنًا ، وَلَكِنَّنِي رَأَيْتُ خَالِداً .

٥ - عَنْ مَاذَا تَحَدَّثْتَ مَعَهُ ؟

٦ - تَحَدَّثْتُ مَعَهُ عَنْ حَيَاتِي فِي الْجَامِعَةِ .

٧ - هَلْ سَأَلْتَهُ كَثِيراً مِنَ الأَسْئِلَةِ ؟

٨ - عَنْ مَا سَأَلْتَهُ ؟

٩ - سَأَلْتُهُ عَنْ مَا إِنْ كَانَ قَدْ زَارَ تَايْوَانَ .

١٠ - كَيْفَ أَجَابَ لَكَ ؟

١١ - أَجَابَ لِي أَنَّهُ لَمْ يَزُرْهَا بَعْدُ .

١٢ - ثُمَّ سَأَلْتُهُ عَنْ مَا إِنْ كَانَ يَعْرِفُ أَحَداً فِي تَايْوَانَ .

١٣ - قَالَ إِنَّهُ يَعْرِفُ أَصْدِقَاءَ كَثِيرِينَ هُنَاكَ .

١٤ - فِي الأَخِيرِ سَأَلْتُهُ كَمْ عُمْرُهُ .

١٥ - قَالَ إِنَّهُ مِنَ الأَفْضَلِ أَلاَّ يُخْبِرَنِي سِنَّهُ .

第十七課　昨天你去哪裡？

1. 昨天你去哪裡？
2. 我昨天去拜訪一位朋友。
3. 昨天你有看到哈珊先生嗎？
4. 沒有，我沒看到哈珊先生，但是，我見到了哈立德。
5. 你跟他談了些什麼？
6. 我跟他談了我的大學生活。
7. 你問了他很多問題嗎？
8. 你問了他什麼？
9. 我問他是否訪問過台灣？
10. 他怎麼回答你？
11. 他回答說他還沒有訪問過台灣。
12. 然後我問他是否認識台灣任何人。
13. 他說他認識很多那邊的朋友。
14. 最後我問他幾歲？
15. 他說最好不要告訴我他的年齡。

句型練習

تدريب للبديل

١ - إِلَى أَيْنَ ذَهَبْتَ يَوْمَ أَمْسِ ؟
لَيْلَةَ أَمْسِ
مَسَاءَ أَمْسِ
صَبَاحَ الْيَوْمِ

٢ - ذَهَبْتُ لِزِيَارَةِ صَدِيقِي .
لِمُشَاهَدَةِ
لِرُؤْيَةِ

٣ - هَلْ رَأَيْتَ السَّيِّدَ حَسَنًا أَمْسِ ؟
شَاهَدْتَ
زُرْتَ

٤ - لَمْ أَرَ السَّيِّدَ حَسَنًا ، وَلَكِنَّنِي رَأَيْتُ خَالِداً .
أُشَاهِدِ — شَاهَدْتُ
أَزُرِ — زُرْتُ

٥ - تَحَدَّثْتُ مَعَهُ عَنْ حَيَاتِي فِي الْجَامِعَةِ

عَمَلِي

الْبَيْتِ

شُغْلِي

الْمَدْرَسَةِ الثَّانَوِيةِ

٦ - سَأَلْتُهُ عَنْ مَا إِنْ كَانَ قَدْ زَارَ تَايْوَانَ .

سَافَرَ إِلَى الشَّرْقِ الأَوْسَطِ

شَاهَدَ صَدِيقِي حَسَنًا

دَرَسَ اللُّغَةَ الْعَرَبِيَّةَ

٧ - ثُمَّ سَأَلْتُهُ عَنْ مَا إِنْ كَانَ يَعْرِفُ أَحَداً فِي تَايْوَانَ .

يَتَكَلَّمُ اللُّغَةَ الإِنْجِلِيزِيَّةَ

يُسَافِرُ إِلَى جَنُوبِ تَايْوَانَ

٨ - قَالَ إِنَّهُ مِنَ الأَفْضَلِ أَلاَّ يُخْبِرَنِي سِنَّهُ .

مِنَ الأَحْسَنِ

يَسْأَلَ عَنْ عُمْرِهِ

يُجِيبَ عَلَى هَذَا السُّؤَالِ

يَجْلِسَ هُنَا

الأسْئلة والأجوبة

١ - مَرْحَبًا يَا حَسَنُ ، إلَى أيْنَ ذَهَبْتَ بَعْدَ ظُهْرِ أمْسِ ؟

ذَهَبْتُ إلَى زِيَارَةِ أحَدِ أصْدِقَائِي .

٢ - هَلْ رَأيْتَ السَّيِّدَ خَالداً أمْسِ ؟

لاَ ، مَا رَأيْتُهُ أمْسِ ولَكِنْ رَأيْتُ فَرِيداً .

٣ - عَنْ مَاذَا تَحَدَّثْتِ مَعَ زَيْنَبَ صَبَاحَ الْيَوْمِ ؟ يَا فَرِيدَةُ .

تَحَدَّثْتُ مَعَهَا عَنِ الْحَيَاةِ فِي الْجَامِعَةِ .

٤ - هَلِ اتَّصَلْتَ بِالسَّيِّدِ عَلِيٍّ بِالتِّلِيفُونِ يَوْمَ السَّبْتِ الْمَاضِيَ ؟

نَعَمْ ، اتَّصَلْتُ بِهِ بِالتِّلْفُونِ يَوْمَ السَّبْتِ الْمَاضِيَ .

٥ - عَنْ مَاذَا سَألْتَهُ فِي التِّلِيفُونِ ؟

سَألْتُهُ عَنْ مَا إنْ كَانَ قَدِ اتَّصَلَ بِصَدِيقِنَا حَسَنٍ .

٦ - هَلْ سَألْتَ حَسَنًا عَنْ مَا إنْ كَانَ يَعْرِفُ مُعَلِّمَنَا الْجَدِيدَ ؟

لاَ ، مَا سَألْتُهُ عَنْ ذَلِكَ .

٧ - هَلْ سَألْتَ حَسَنًا عَنْ عُمْرِهِ ؟

لاَ ، لَمْ أسْألْ عَنْ عُمْرِهِ .

٨ - قَالَ حَسَنٌ إنَّهُ يَعْرِفُ كَثِيراً مِنَ الأصْدِقَاءِ الْعَرَبِ ، هَلْ هَذَا صَحِيحٌ ؟

نَعَمْ ، صَحِيحٌ يَعْرِفُ كَثِيراً مِنَ الأصْدِقَاءِ الْعَرَبِ .

第十七課

問題與回答

1. 哈珊，你好，昨天下午你到哪裡去了？
   我去看一位朋友。
2. 昨天你看見哈立德先生了嗎？
   我沒看見他，但是我見到法立德了。
3. 法立達，今天早上妳跟翟娜談了些什麼？
   我跟她談了大學生活。
4. 上個禮拜六你有打電話給阿里先生嗎？
   有呀，上個禮拜六我有打電話給他。
5. 在電話裡你問了他什麼？
   我問了他是否有跟我們的朋友哈珊聯絡。
6. 你有沒有問哈珊是否認識我們的新老師？
   沒有，我沒問他。
7. 你有沒有問哈珊他幾歲？
   沒有，我沒問他的年齡。
8. 哈珊說他認識很多阿拉伯朋友，這是真的嗎？
   是的，真的他認識很多阿拉伯朋友。

٩ - هَلْ سَأَلْتَ الآنِسَةَ كَمْ عُمْرُهَا ؟
نَعَمْ ، سَأَلْتُهَا كَمْ عُمْرُهَا .
١٠ - مَاذَا أَجَابَتْ لَكَ ؟
قَالَتْ مِنَ الأَفْضَلِ أَلاَّ أَسْأَلَهَا عَنْ سِنِّهَا .
١١ - زُرْتَ مُعَلِّمَنَا لَيْلَةَ أَمْسِ ، أَ لَيْسَ كَذَلِكَ ؟
بَلَى ، زُرْتُهُ لَيْلَةَ أَمْسِ .
١٢ - هَلْ سَأَلْتَ حَسَنًا عَنْ مَا إِنْ كَانَ عُمْرُهُ قَدْ بَلَغَ عِشْرِينَ سَنَةً ؟
لاَ ، مَا سَأَلْتُهُ هَذَا السُّؤَالَ .
١٣ - عَفْوًا ، مَاذَا سَأَلْتَنِي ؟
سَأَلْتُكَ عَنْ مَا إِنْ كُنْتَ طَالِبًا فِي قِسْمِ اللُّغَةِ الْعَرَبِيَّةِ .
١٤ - هَلْ أَجَبْتَ عَلَى جَمِيعِ أَسْئِلَتِهِ ؟
لاَ ، أَجَبْتُ عَلَى بَعْضِ أَسْئِلَتِهِ فَقَطْ .
١٥ - هَلْ أَجَبْتِ عَلَى جَمِيعِ الأَسْئِلَةِ عَلَى وَرَقَةِ الإِمْتِحَانِ الأَخِيرِ ؟
نَعَمْ ، أَجَبْتُ عَلَى جَمِيعِ الأَسْئِلَةِ .
١٦ - هَلْ رَأَيْتَنِي أَمْسِ فِي التِّلْفِزْيُونِ ؟
نَعَمْ ، رَأَيْتُكَ أَمْسِ فِي التِّلْفِزْيُونِ وَكُنْتَ تَتَحَدَّثُ عَنْ أَشْيَاءَ كَثِيرَةٍ .
١٧ - مَاذَا قَالَ لَكَ الْمُعَلِّمُ مَسَاءَ أَمْسِ ؟
قَالَ لِي مِنَ الأَفْضَلِ أَنْ أَدْرُسَ بِاجْتِهَادٍ .

9. 你有沒有問小姐幾歲？

 有呀，我有問她幾歲。

10. 她怎麼回答的？

 她說最好不要問她的年齡。

11. 昨天晚上你去拜訪了我們的老師了，不是嗎？

 沒錯，昨天晚上我去拜訪了他。

12. 你有沒有問哈珊他是不是二十歲了？

 沒有，我沒有問他這個問題。

13. 對不起，你問我什麼？

 我問你是不是阿語系的學生。

14. 你都回答了他的問題嗎？

 沒有，我只回答了他一部份的問題。

15. 最近一次考試卷上的問題妳都作答了嗎？

 是的，所有的問題我都作答了。

16. 昨天你在電視上有沒有看到我？

 有呀，昨天我在電視上有看到你，你還談了很多的事情。

17. 昨天晚上老師跟你說了什麼？

 他告訴我最好要好好用功。

المحادَثَة

١ - هَلْ تَعْرِفُ أحَداً فِي تَايْبَيْهْ ؟

نَعَمْ ، عِنْدِي أَصْدِقَاءُ كَثِيرُونَ فِي تَايْبَيْهْ .

هَلْ تَعْرِفُ أَحَداً فِي هذِهِ الْجَامِعَةِ ؟

نَعَمْ ، أَعْرِفُ كَثِيراً مِنَ الْمُعَلِّمِينَ وَالطُّلاَّبِ فِي هَذِهِ الْجَامِعَةِ .

هَلْ تَعْرِفُ أَيَّةَ مُعَلِّمَةٍ أَوْ طَالِبَةٍ فِي الْجَامِعَةِ ؟

لاَ ، لاَ أَعْرِفُ أَيَّةَ مُعَلِّمَةٍ وَلاَ طَالِبَةٍ فِي الْجَامِعَةِ .

٢ - أَيْنَ ذَهَبْتَ يَوْمَ أَمْسِ ؟

ذَهَبْتُ لِزِيَارَةِ أَحَدِ أَصْدِقَائِي فِي بَيْتِهِ .

هَلْ رَأَيْتَ حَسَنًا فِي بَيْتِهِ ؟

نَعَمْ ، كَانَ حَسَنٌ فِي بَيْتِهِ لِزِيَارَتِهِ أَيْضًا .

عَنْ مَاذَا تَحَدَّثْتُمْ ؟

تَحَدَّثْنَا عَنْ حَيَاتِنَا فِي الْجَامِعَةِ .

هَلْ سَأَلْتَ صَدِيقَكَ عَنْ حَيَاتِهِ فِي الْبَيْتِ ؟

لاَ ، مَا سَأَلْتُهُ هَذَا السُّؤَالَ .

مَاذَا قَالَ لَكَ صَدِيقُكَ عِنْدَ وُصُولِكَ إِلَى بَيْتِهِ ؟

قَالَ لِي أَهْلاً وَسَهْلاً وَمَرْحَبًا بِكَ .

會話

1. 你在台北有沒有熟人？

    有呀，我在台北有很多朋友。

    在這所大學你有熟人嗎？

    有呀，我認識這所大學很多的老師和學生。

    你認識這所大學的任何女老師或女學生嗎？

    沒有，在這所大學裡，我不認識任何一位女老師或女學生。

2. 昨天你去哪裡？

    昨天我到一位朋友家去了。

    你在他家有沒有看到哈珊？

    有呀，哈珊也在他家。

    你們談了些什麼？

    我們談了我們大學的生活。

    你有沒有問你的朋友他在家的生活？

    沒有，我沒有問他這個問題。

    當你到你朋友家的時候他對你說了什麼？

    他向我說歡迎歡迎。

٣ - إلَى أيْنَ ذَهَبْتِ فِي نِهَايَةِ الأُسْبُوعِ الْمَاضِي ؟ يَا زَيْنَبُ .

ذَهَبْتُ لِزِيَارَةِ إحْدَى صَدِيقَاتِي فِي جَنُوبِ تَايْوَانَ .

هَلْ وَجَدْتِ بَيْتَهَا بِسُهُولَةٍ ؟

نَعَمْ ، وَجَدْتُ بَيْتَهَا بِسُهُولَةٍ ، لأَنَّنِي زُرْتُهَا فِي السَّنَةِ الْمَاضِيَةِ .

هَلْ سَأَلَتْكِ بَعْضَ الأَسْئِلَةِ ؟

نَعَمْ ، سَأَلَتْنِي كَيْفَ جِئْتُ ؟

مَاذَا قُلْتِ لَهَا ؟

قُلْتُ لَهَا إنَّنِي جِئْتُ بِالسَّيَّارَةِ .

٤ - هَلْ تُفَضِّلِينَ فِنْجَانًا مِنَ الْقَهْوَةِ ؟ يَا خَالِدَةُ .

لاَ ، أُفَضِّلُ كَأسًا مِنَ الشَّايِ .

هَلْ سَأَلْتِ مَاذَا تُفَضِّلُ صَدِيقَتُكِ أَنْ تَشْرَبَ ؟

لاَ ، مَا سَأَلْتُهَا ، وَلَكِنْ أَعْرِفُ أَنَّهَا تُحِبُّ أَنْ تَشْرَبَ عَصِيراً .

كَيْفَ تَعْرِفِينَ ذَلِكَ ؟

لأَنَّنِي عَرَفْتُهَا مِنْذُ كُنْتُ طَالِبَةً فِي الْمَدْرَسَةِ الثَّانَوِيَّةِ .

هَلْ تَنَاوَلْتِ الْغَدَاءَ فِي بَيْتِهَا ؟

لاَ ، مَا تَنَاوَلْتُ الْغَدَاءَ فِي بَيْتِهَا ، وَلَكِنْ تَنَاوَلْتُ الْعَشَاءَ هُنَاكَ .

3. 翟娜,上個週末妳到哪裡去了?

   我去看我在台灣南部的朋友。

   妳很容易地就找到她的家嗎?

   是呀,我很容易地就找到她的家,因為我去年拜訪過她了。

   她有沒有問妳一些問題?

   有呀,她問我是怎麼來的。

   妳怎麼跟她說?

   我告訴她我是搭車來的。

4. 哈立達,妳要來杯咖啡嗎?

   不,我比較喜歡喝茶。

   妳有沒有問妳的朋友她喜歡喝什麼?

   沒有,我沒有問她,但是我知道她愛喝果汁。

   妳怎麼會知道?

   因為我在高中就認識她了。

   妳在她家吃過午飯了嗎?

   沒有,我沒在她家吃午飯,但是在她家吃了晚餐。

短文

تمرين للقراءة والفهم

أَنَا حَسَنٌ ، بَعْدَ ظُهْرِ أَمْسِ تركْتُ بَيْتِي فِي السَّاعَةِ الثَّالِثَةِ تَقْرِيبًا وَلمْ أَرْجِعْ إلاَّ فِي السَّاعَةِ الْعَاشِرَةِ وَالنِّصْفِ لَيْلاً . ذَهَبْتُ لِزِيَارَةِ صَدِيقٍ لِي فِي وَسَطِ تَايْوَانَ ،اِسْمُهُ فَرِيدٌ . وَتَحَدَّثْنَا كَثِيراً فِي بَيْتِهِ طُولَ الْمَسَاءِ ، تَحَدَّثْنَا عَنْ حَيَاتِنَا فِي الْجَامِعَةِ ، وَتَحَدَّثْنَا أَيْضًا عَنْ دِرَاسَتِنَا فِي الْجَامِعَةِ ، وَتَحَدَّثْنَا كَذَلِكَ عَنْ أَصْدِقَائِنَا الْجُدُدِ ، ثُمَّ سَأَلْتُ صَدِيقِي عَنْ أَصْدِقَائِهِ فِي الشَّرْقِ الأَوْسَطِ ، وَهُوَ كَانَ يُجِيبُ عَلَى جَمِيعِ أَسْئِلَتِي .

وَصَدِيقِي سَأَلَنِي عَنْ مَا إِنْ كُنْتُ أَدْرُسُ اللُّغَةَ الْعَرَبِيَّةَ جَيِّداً ، وَمَا إِنْ كُنْتُ أَقْدِرُ أَنْ أَتَكَلَّمَ بِهَا جَيِّداً ، وَسَأَلَنِي أَيْضًا عَنْ مَا إِنْ كُنْتُ أَتَعَلَّمُ اللُّغَاتِ الأُخْرى فِي الْجَامِعَةِ ، وَأَجَبْتُ عَلَى كُلِّ أَسْئِلَتِهِ أَيْضًا .

فِي الْمَسَاءِ ، بَعْدَ أَنْ تَنَاوَلْنَا الْعَشَاءَ مَعًا فِي أَحَدِ الْمَطَاعِمِ الْقَرِيبِ مِنْ بَيْتِهِ ذَهَبْنَا إِلَى السِّينَمَا لِمُشَاهَدَةِ الْفِلْمِ الْغَرْبِيِّ ، وَانْتَهَى الْفِلْمُ فِي السَّاعَةِ الثَّامِنَةِ وَالثُّلْثِ ، وَبَعْدَ ذَلِكَ تَفَرَّجْنَا عَلَى التِّلِيفِزْيُونِ ، وكَانَ الْبرْنَامِجُ جَيِّداً جِداً ، وكُنْتُ أُرِيدُ أَنْ أَبْقَى فِي بَيْتِهِ لِوَقْتٍ أَطْوَلَ إلاَّ أَنَّ الْوَقْتَ كَانَ مُتَأَخِّراً ، فَقُلْتُ لِصَدِيقِي إِنَّنِي أُرِيدُ أَنْ أَرْجِعَ إِلَى الْبَيْتِ ، وَقُلْتُ لَهُ أَيْضًا إِلَى اللِّقَاءِ . وَسَأَلَنِي صَدِيقِي مَتى سَأَزُورُهُ مَرَّةً أُخْرَى ، قُلْتُ لَهُ لاَ أَعْرِفُ ، رُبَّمَا فِي وَقْتٍ قَرِيبٍ . ثُمَّ تَرَكْتُ بَيْتَهُ وَرَكِبْتُ الْبَاصَ وَرَجَعْتُ إِلَى بَيْتِي .

單字解釋 المفردات

زِيَارَةٌ	訪問	تَحَدَّثَ	談論
حَيَاةٌ	生活	سَأَلَ	問
مَا إِنْ	是否	زَارَ	訪問，拜訪
أَجَابَ	回答	لَمْ ... بَعْدُ	尚未
فِي الأَخِيرِ	最後	مِنَ الأَفْضَلِ	最好
يُخْبِرُنِي	他告訴我		

الدرس الثامن عشر أَيْنَ تَسْكُنُ ؟

١ - أَيْنَ تَسْكُنُ ؟

٢ - أَسْكُنُ فِي طَرِيقِ جُونْغَ سِياوْ أَلشَّرْقِيِّ بِمَدِينَةِ تَايْبَيْهَ .

٣ - مَا هُوَ عُنْوَانُك ؟

٤ - عُنْوَانِي ذُوَ رَقَمُ خَمْسَةٍ وَعِشْرِينَ ، طَرِيقُ جونغ سياو الشَّرْقِيُّ ، مَدِينَةُ تايبيهِ .

٥ - مَا هُوَ رَقَمُ تَلِيفُونِكَ ؟

٦ - رَقَمُ تِلْفُونِي هُوَ ٧٥١٠١٨٩ (سَبْعَةُ خَمْسَةُ وَاحِدُ صِفْرُ وَاحِدُ ثَمَانِيَةُ تِسْعَةُ مِنَ الْيَسَارِ)

٧ - كَمْ سَنَةً سَكَنْتَ فِي تَايَبَيْهَ ؟

٨ - سَكَنْتُ فِي تَايْبَيْهَ لِمُدَّةِ أَكْثَرَ مِنْ عَشَرِ سَنَوَاتٍ .

٩ - هَلْ تَسْكُنُ فِي شِقَّةٍ أَوْ فِلاًّ ؟

١٠ - أَسْكُنُ فِي شِقَّةٍ .

١١ - فِي أَيِّ طَابِقٍ تَسْكُنُ ؟

١٢ - أَسْكُنُ فِي الطَّابِقِ الثَّانِي .

١٣ - هَلْ بَيْتُكَ مُلْكُك ؟

١٤ - لاَ ، بَيْتِي بالإسْتِئْجَارِ .

١٥ - بِكَمْ تَسْتَأْجِرُ الْبَيْتَ شَهْرِيًا ؟

١٦ - أَسْتَأْجِرُهُ شَهْرِيًا بِخَمْسَةِ آلاَفِ دُولاَرٍ تَايْوَانِيٍّ .

第十八課　你住哪裡？

1. 你住哪裡？
2. 我住在台北市忠孝東路。
3. 你的地址在哪裡？
4. 我的地址是台北市忠孝東路二十五號。
5. 你的電話是幾號？
6. 我的電話是7510189。
7. 你在台北住幾年了？
8. 我在台北住十幾年了。
9. 你住在公寓還是別墅？
10. 我住公寓。
11. 你住幾樓？
12. 我住在二樓。
13. 房子是自己的嗎？
14. 不是，房子是租來的。
15. 一個月租金多少錢？
16. 一個月是新台幣五千元。

句型練習

تدريب للبديل

١ - أَيْنَ تَسْكُنُ (أَنْتَ) ؟
تَسْكُنُونَ (أَنْتُمْ)
تَسْكُنِينَ (أَنْتِ)
تَسْكُنَّ (أَنْتُنَّ)
يَسْكُنُ (هُوَ)
يَسْكُنُونَ (هُمْ)
تَسْكُنُ (هِيَ)
يَسْكُنَّ (هُنَّ)

٢ - أَسْكُنُ فِي طَرِيقِ جُونغ سياو الشَّرْقِيِّ بتَايْبَيْه .
تَايْبَيْهَ
جَنُوبِ تَايْوَانَ
كَاوْشُونْغَ
بَيْتِ أَبِي
فَلاَّ
الطَّابِقِ الثَّانِي

٣ - مَا هُوََ عُنْوَانُكَ ؟

عُنْوَانُ بَيْتِكَ

عُنْوَانُ مَدْرَسَتِكَ

عُنْوَانُ الْجَامِعَةِ

٤ - مَا هُوَ رَقَمُ تِلِيفُونِكَ ؟

تِلِيفُونِ بَيْتِكَ

تِلِيفُونِ شَقَّتِكَ

تِلِيفُونِ الْجَامِعَةِ

الشَّرِكَةِ

الْمَطْعَمِ الْعَرَبِيِّ

٥ - كَمْ سَنَةً سَكَنْتَ فِي تَايْبَيْه ؟

شَهْرًا بَقِيتَ

أُسْبُوعًا دَرَسْتَ

٦ - فِي أَيِّ | طَابِقٍ | تَسْكُنُ ؟
دَوْرٍ

٧ - أَسْكُنُ فِي الطَّابِقِ | الثَّانِي
الأَوَّلِ
الثَّالِثِ
الرَّابِعِ
الخَامِسِ
الخَامِسَ عَشَرَ
العِشْرِينَ

٨ - هَلْ تَسْكُنُ | فِي شَقَّةٍ أَوْ فِلاًّ |؟
دَاخِلَ الجَامِعَةِ أَوْ خَارِجَهَا
فِي بَيْتٍ مُسْتَأْجَرٍ
فِي بَيْتٍ بِالإِسْتِئْجَارِ

٩ - بِكَمْ تَسْتَأْجِرُ | البَيْتَ | شَهْرِيًّا ؟
السَّيَّارَةَ
الشَّقَّةَ
الفِلاَّ

筆記頁：

الأسئلة والأجوبة

١ - أَيْنَ تَسْكُنُ ؟ يَا حَسَنُ .

أَسْكُنُ فِي مَدِينَةِ تَايْبَيْه .

٢ - أَيْنَ تَسْكُنِينَ ؟ يَا زَيْنَبُ .

أَسْكُنَ دَاخِلَ الْجَامِعَةِ .

٣ - مَا هُوَ عُنْوَانُكَ ؟

عُنْوَانِي هُوَ رَقَمُ عِشْرِينَ ، طَرِيقُ السَّلاَمِ الشَّرْقِيُّ ، مَدِينَةُ تَايْبَيْهَ .

٤ - هَلْ تَسْكُنُ قَرِيبًا مِنْ هُنَا ؟

لاَ ، أَسْكُنُ بَعِيداً مِنْ هُنَا .

٥ - كَمْ سَنَةً سَكَنْتَ فِي تَايْبَيْهَ ؟

سَكَنْتُ فِي تَايْبَيْه لِمُدَّةِ أَكْثَرَ مِنْ عَشَرِ سَنَوَاتٍ .

٦ - كَمْ سَنَةً اِسْتَأْجَرْتَ هَذِهِ الشِّقَةَ ؟

اِسْتَأْجَرْتُهَا مُنْذُ عِشْرِينَ سَنَةً .

٧ - هَلْ تَسْكُنُ فِي بَيْتٍ مُسْتَأْجَرٍ ؟

لاَ ، أَسْكُنُ فِي بَيْتِ مُلْكِي .

٨ - مَعَ مَنْ تَسْكُنُ ؟

أَسْكُنُ مَعَ صَدِيقَيْنِ لِي .

問題與回答

1. 哈珊,你住哪裡?

   我住在台北市。

2. 翟娜,妳住哪裡?

   我住校。

3. 你的地址在哪裡?

   我的地址是台北市和平東路20號。

4. 你住在這附近嗎?

   不是,我住很遠。

5. 你在台北住幾年了?

   我住在台北十幾年了。

6. 你租這個公寓幾年了?

   我二十年前就開始租了。

7. 你的房子是租的嗎?

   不是,我住在自己的房子。

8. 你跟誰一塊住?

   我跟我的兩位朋友一塊住。

٩ - فِي أيِّ طَابِقٍ تَسْكُنُ ؟

أَسْكُنُ فِي الطَّابِقِ الْخَامِسِ .

١٠ - هَلْ هَذَا الْبَيْتُ مُلْكُكَ ؟

لاَ ، هَذَا الْبَيْتُ مُلْكُ أَبِي .

١١ - لِمَاذَا لاَ تَسْتَأْجِرُ بَيْتًا قَرِيبًا مِنَ الْجَامِعَةِ ؟

لأنَّ الْبَيْتَ الْقَرِيبَ مِنَ الْجَامِعَةِ يَكُونُ إِيْجَارُهُ غَالِيًا .

١٢ - بِكَمْ تَسْتَأْجِرُ هَذَا الْبَيْتَ شَهْرِيًا ؟

أَسْتَأْجِرُ هَذَا الْبَيْتَ شَهْرِيًا بِأَلْفَيْنِ وَخَمْسِمِائَةِ دُولاَرٍ تَايْوَانِيٍّ .

١٣ - هَلْ تَعْرِفُ عُنْوَانَ بَيْتِ حَسَنٍ ؟

لاَ ، لاَ أَعْرِفُ عُنْوَانَهُ ، وَلَكِنْ أَعْرِفُ أَيْنَ يَسْكُنُ .

١٤ - مَا هُوَ رَقَمُ تِلِيفُونِ بَيْتِهِ ؟

آسِفٌ ، لاَ أَتَذَكَّرُ رَقَمَ تِلِيفُونِ بَيْتِهِ .

١٥ - هَلْ هَنَاكَ تِلِيفُونُ فِي شِقَّتِكَ الْجَدِيدَةِ ؟

نَعَمْ ، هَنَاكَ تِلِيفُونُ فِي شِقَّتِي الْجَدِيدَةِ .

١٦ - هَلْ تَعْرِفُ مَنْ يَسْكُنُ فِي الطَّابِقِ الثَّالِثِ ؟

لاَ ، لاَ أَعْرِفُ مَنْ يَسْكُنُ فِي الطَّابِقِ الثَّالِثِ .

9. 你住在幾樓?

    我住在五樓。

10. 這個房子是你自己的嗎?

    不是,這個房子是我爸爸的。

11. 你為什麼不租學校附近的房子?

    因為學校附近的房子租金比較貴。

12. 這個房子一個月你花多少錢租的?

    我這個房子一個月花新台幣兩千五百元租的。

13. 你知道哈珊的地址嗎?

    我不知道他的地址,但是我知道他住哪裡。

14. 他家電話是幾號?

    對不起,我不記得他家電話了。

15. 你的新公寓有電話嗎?

    有呀,我的新公寓有電話。

16. 你知道誰住在三樓嗎?

    我不知道誰住在三樓。

المحادثة

١ – أَيْنَ تَسْكُنُ ؟ يَا فَرِيدُ ، هَلْ تَسْكُنُ قَرِيبًا مِنْ هُنَا ؟

لاَ ، لاَ أَسْكُنُ قَرِيبًا مِنْ هُنَا ، أَسْكُنُ فِي الْقِسْمِ الشَّرْقِيِّ مِنْ هَذِهِ الْمَدِينَةِ

هَلْ تَسْكُنُ قَرِيبًا مِنْ خَالِدٍ ؟

نَعَمْ ، أَنَا جَارُ خَالِدٍ .

مَا هُوَ عُنْوَانُكَ ؟

عُنْوَانِي هُوَ رَقَمُ أَرْبَعَةٍ ، طَرِيقُ الْجَامِعَةِ ، مَدِينَةُ تَايْبَيْه .

كَمْ سَنَةً سَكَنْتَ هُنَاكَ ؟

سَكَنْتُ هُنَاكَ لِمُدَّةِ أَكْثَرَ مِنْ سِتِّ سَنَوَاتٍ .

٢ – هَلْ تَنَاوَلْتَ الْفُطُورَ ؟

نَعَمْ ، تَنَاوَلْتُ الْفُطُورَ قَبْلَ سَاعَتَيْنِ أَوْ ثَلاَثِ سَاعَاتٍ .

فِي أَيَّةِ سَاعَةٍ قُمْتَ مِنَ النَّوْمِ صَبَاحَ الْيَوْمِ ؟

قُمْتُ مِنَ النَّوْمِ فِي السَّاعَةِ السَّادِسَةِ صَبَاحَ الْيَوْمِ .

هَلْ تَقُومُ مِنَ النَّوْمِ دَائِمًا فِي مِثْلِ هَذَا الْوَقْتِ ؟

لاَ ، قَبْلَ سَنَوَاتٍ ، كُنْتُ أَقُومُ مِنَ النَّوْمِ مُتَأَخِّرًا .

會話

1. 法立德，你住哪裡？是住附近嗎？

   不是，我不住在附近，我住在這個城市東區。

   你住在哈立德附近嗎？

   是的，哈立德是我的鄰居。

   你的地址在哪裡？

   我的地址是台北市大學路四號。

   你住在那邊幾年了？

   我住在那邊六年多了。

2. 你吃過早餐了嗎？

   吃過了，我兩、三個鐘頭之前就吃過了。

   今天早上你幾點起床的？

   今天早上我六點就起來了。

   你常常在這個時間起床的嗎？

   不是，幾年前我起得很晚。

١ – مَرْحَبًا يَا حَسَنُ ، هَلْ تَنَاوَلْتَ الْغَدَاءَ ؟
نَعَمْ ، تَنَاوَلْتُ الْغَدَاءَ مَعَ خَالِدٍ فِي السَّاعَةِ الثَّانِيَةَ عَشْرَةَ وَالنِّصْفِ .
آسِفٌ ، أُرِيدُ أَنْ أَتَّصِلَ بِمُعَلِّمِنَا بِالتِّلِيفُونِ الآنَ .
لِمَاذَا تَتَّصِلُ بِهِ الآنَ ؟
لأَنَّهُ لاَ يَكُونُ فِي الْبَيْتِ إلاَّ فِي مِثْلِ هَذَا الْوَقْتِ .
هَلْ تَتَذَكَّرُ رَقَمَ تِلِيفُونِهِ ؟
نَعَمْ ، أَنَا كَتَبْتُ رَقَمَ تِلِيفُونِهِ عَلَى دَفْتَرِي .

٤ – هَلْ تَسْكُنُ فِي هَذِهِ الْمَدِينَةِ ؟
لاَ ، أَسْكُنُ فِي مَدِينَةِ كَاوْشُيُونْغَ .
هَلْ بَيْتُكَ مُلْكُ أَبِيكَ ؟
لاَ ، بَيْتِي بِالإسْتِئْجَارِ .
مَا هُوَ الإيجَارُ شَهْرِيًا ؟
لاَ أَعْرِفُ جَيِّداً ، أَعْتَقِدُ أَنَّ إيجَارَهُ لاَ يَقِلُّ عَنْ خَمْسَةَ عَشَرَ أَلْفَ دُولاَرٍ
فِي أَيِّ طَابِقٍ تَسْكُنُ أَنْتَ وَأَهْلُكَ ؟
نَسْكُنُ فِي الطَّابِقِ الأَوَّلِ .
كَمْ طَابِقًا فِي تِلْكَ الْعِمَارَةِ ؟ الْعِمَارَةُ（大樓）
فِيهَا عَشَرَةُ طَوَابِقَ .

3. 哈珊，你吃過午餐了嗎？

   吃過了，我跟哈立德十二點半就吃午餐了。

   對不起，我現在要跟我們的老師打個電話。

   為什麼要打電話給他？

   因為他只有這個時候在家。

   你記得他的電話號碼嗎？

   記得，我把他的電話抄在我的記事本裡。

4. 你住在這個城市嗎？

   不是，我住在高雄市。

   你住的房子是爸爸的嗎？

   不是，我的房子是租來的。

   月租多少錢？

   我不太知道，我相信不會少於一萬五千元吧。

   你跟家人住在幾樓？

   我們住在一樓。

   那棟大廈有幾樓？

   共有十樓。

短文　تدريب للقراءة والفهم

أَنَا خَالِدٌ ، لَقَدْ وَصَلْتُ هُنَا قَبْلَ أَيَّامٍ ، أَسْكُنُ خَارِجَ هَذِهِ الْمَدِينَةِ ، عِنْدِي أَصْدِقَاءُ كَثِيرُونَ فِي هَذِهِ الْمَدِينَةِ ، وَجِئْتُ هُنَا الْيَوْمَ لِزِيَارَتِهِمْ . فِي الْوَاقِعِ ، كُنْتُ أَسْكُنُ فِي هَذِهِ الْمَدِينَةِ لِعِدَّةِ سَنَوَاتٍ . وُلِدْتُ فِي هذِهِ الْمَدِينَةِ وَزَوْجَتِي وُلِدَتْ فِي الْمَدِينَةِ الْقَرِيبَةِ مِنْ هُنَا ، أَنَا وَزَوْجَتِي كُنَّا نَذْهَبُ إِلَى مَدْرَسَةٍ وَاحِدَةٍ لِلدِّرَاسَةِ ، لِذَلِكَ عِنْدَنَا أَصْدِقَاءُ كَثِيرُونَ هُنَا .

قَبْلَ سَنَوَاتٍ رَحَلْتُ مِنْ وَسَطِ هَذِهِ الْمَدِينَةِ إِلَى خَارِجِهَا ، وَلَكِنَّنِي مَا زِلْتُ أَشْتَغِلُ الآنَ فِي هَذِهِ الْمَدِينَةِ . وَيَجِبُ عَلَيَّ أَنْ أَقُومَ مِنَ النَّوْمِ مُبَكِّراً يَومِيًا لِلذَّهَابِ إِلَى الْعَمَلِ ، أَشْتَغِلُ فِى إِحْدَي الشَرِكَاتِ التِّجَارِيَّةِ مِنَ السَّاعَةِ الثَّامِنَةِ وَالنِّصْفِ صَبَاحًا إِلَى السَّاعَةِ الْخَامِسَةِ مَسَاءً يَوْمِيًا مَا عَدَا يَوْمَيْ السَّبْتِ وَالأَحَدِ . أَنَا مَشْغُولٌ طُولَ الْيَوْمِ ، وَبَعْدَ أَنْ أَرْجِعَ إِلَى الْبَيْتِ مِنَ الْعَمَلِ أَتَنَاوَلُ الْعَشَاءَ مَعَ زَوْجَتِي وَابْنِي وَبِنْتِي . بَعْدَ الْعَشَاءِ أَقْرَأُ الْجَرَائِدَ الْمَسَائِيَّةَ وَبَعْضَ

第十八課

الْمَجَلاَّتِ وَأَتَفَرَّجُ عَلَى التِّلْفِزْيُونِ ، وَأَذْهَبُ إِلَى النَّوْمِ يَوْمِيًا فِي السَّاعَةِ الْحَادِيَةَ عَشْرَةَ وَالنِّصْفِ .

أَسْكُنُ الآنَ فِي بَيْتٍ بِالإِسْتِئْجَارِ ، وَإِيجَارُهُ شَهْرِيًا عِشْرُونَ أَلْفَ دُولاَرٍ تَايْوَانِيٍّ جَدِيدٍ ، وَأَسْكُنُ فِي الطَّابِقِ الْخَامِسِ رَقَم خَمْسَةٍ ، طَرِيقِ السَّلاَمِ الشَّرْقِيِّ ، تَايْبَيه . هَذَا هُوَ عُنْوَانِي ، إِذَا أَرَدْتَ أَنْ تَتَّصِلَ بِي فَيُمْكِنُكَ أَنْ تُرَاسِلَنِي بِهَذَا الْعُنْوَانِ ، أَوْ يُمْكِنُكَ أَنْ تَتَّصِلَ بِي بِالتِلِيفُونِ بَعْدَ السَّاعَةِ السَّادِسَةِ مَسَاءً ، رَقَمُ تِلِيفُونِي هُوَ ٧٠٩٤٧٤٦ .

單字解釋   المفردات

路	طَرِيقٌ ج طُرُقٌ	你住	تَسْكُنُ
地址	عُنْوَانٌ ج عَنَاوِينُ	忠孝	جُونْغَ سِيَاوَ
電話	تِلْفُونُ	號，號碼	رَقَمٌ ج أَرْقَامٌ
公寓	شِقَّةٌ ج شِقَقٌ	左邊	يَسَارٌ
樓	طَابِقٌ ج طَوَابِقُ	別墅	فِلاًّ
承租	إِسْتِنْجَارٌ	擁有	مُلْكٌ
租金，租出	إِيجَارٌ	樓	دَوْرٌ ج أَدْوَارٌ
鄰居	جَارٌ ج جِيرَانٌ	昂貴的	غَالٍ
不少於	لاَ يَقِلُّ عَنْ	像，如	مِثْلُ
遷居	رَحَلَ يَرْحَلُ	確實，已經	لَقَدْ
我仍然	مَا زِلْتُ	事實上	فِي الْوَاقِعِ
大樓	عِمَارَةٌ	除了	مَا عَدَا

筆記頁：

الدرس التاسع عشر أَيْنَ كُنْتَ مَسَاءَ أَمْسِ ؟

١ - أَيْنَ كُنْتَ مَسَاءَ أَمْسِ ؟

٢ - كُنْتُ فِي الْبَيْتِ طُولَ مَسَاءِ أَمْسِ .

٣ - مَاذَا كُنْتَ تَفْعَلُ فِي الْبَيْتِ مَسَاءَ أَمْسِ ؟

٤ - كُنْتُ أَكْتُبُ بَعْضَ الرَّسَائِلِ لأَصْدِقَائِي .

٥ - مَاذَا كُنْتَ تَعْمَلُ فِي السَّاعَةِ السَّابِعَةِ مَسَاءَ أَمْسِ ؟

٦ - كُنْتُ أُشَاهِدُ التِّلْفِزْيُونَ فِي الْبَيْتِ .

٧ - أَيَّ بَرْنَامِجٍ كُنْتَ تُشَاهِدُ ؟

٨ - كُنْتُ أُشَاهِدُ نَشْرَةَ الأَخْبَارِ .

٩ - مَاذَا كُنْتَ تَفْعَلُ عُنْدَمَا اتَّصَلْتُ بِكَ بِالهَاتِفِ لَيْلَةَ أَمْسِ ؟

١٠ - كُنْتُ أَتَنَاوَلُ الْعَشَاءَ عِنْدَمَا اتَّصَلْتَ بِي بِالْهَاتِفِ لَيْلَةَ أَمْسِ .

١١ - أَيْنَ كُنْتَ عِنْدَمَا وَصَلْنَا إِلَى بَيْتِكَ لِزِيَارَتِكَ فِي الْعَامِ الْمَاضِي ؟

١٢ - كُنْتُ مُسَافِراً إِلَى خَارِجِ الْبِلاَدِ .

١٣ - هَلْ كَانَ أَخُوكَ مَعَكَ فِي السَّفَرِ ؟

١٤ - لاَ ، كَانَ أَخِي يَبْقَى فِي الْبَيْتِ ، لَمْ يَكُنْ مَعِي فِي السَّفَرِ .

١٥ - هَلْ نَسِيتَ الأَيَّامَ الْجَمِيلَةَ الَّتِي قَضَيْنَاهَا مَعًا وَكُنَّا فِي الْجَامِعَةِ ؟

١٦ - لاَ ، لاَ يُمْكِنُ أَنْ أَنْسَى تِلْكَ الأَيَّامَ الْجَمِيلَةَ الَّتِي قَضَيْنَاهَا مَعًا .

第十九課　昨天下午你在哪裡？

1. 昨天下午你在哪裡？
2. 昨天我整個下午都在家。
3. 你昨天下午在家做什麼？
4. 我寫幾封信給我的朋友。
5. 昨天晚上七點你在做什麼？
6. 我在家看電視。
7. 你在看哪個節目？
8. 我在看新聞報告。
9. 昨天晚上我打電話給你的時候，你在做什麼？
10. 昨天晚上你打電話給我的時候，我正在吃晚飯。
11. 去年我到你家拜訪的時候，你人在哪裡？
12. 我出國去了。
13. 你的兄弟也跟你一塊去嗎？
14. 沒有，我兄弟待在家裡，他沒跟我出國。
15. 你忘了我們曾在大學一塊渡過美好的時光嗎？
16. 沒有，我不可能忘記我們一塊渡過那段美好的日子。

句型練習

تدريب للبديل

١ – أَيْنَ ... مَسَاءَ أَمْسِ ؟

كُنْتَ	(你)
كُنْتُمَا	(你，妳倆)
كُنْتُمْ	(你們)
كُنْتِ	(妳)
كُنْتُنَّ	(妳們)
كَانَ	(他)
كَانَا	(他倆)
كَانُوا	(他們)
كَانَتْ	(她)
كَانَتَا	(她倆)
كُنَّ	(她們)

٢ – أَيْنَ ... ... ؟

كَانَ	الْمُعَلِّمُ الْكِتَابُ
كَانَتِ	الْمُعَلِّمَةُ الْكُتُبُ

٣ - مَاذَا | كُنْتَ تَفْعَلُ | فِي الْبَيْتِ مَسَاءَ أَمْسِ ؟

كُنْتَ تَفْعَلُ
كُنْتُمَا تَفْعَلاَنِ
كُنْتُمْ تَفْعَلُونَ
كُنْتِ تَفْعَلِينَ
كُنْتُمَا تَفْعَلاَنِ
كُنْتُنَّ تَفْعَلْنَ
كَانَ يَفْعَلُ
كَانَا يَفْعَلاَنِ
كَانُوا يَفْعَلُونَ
كَانَتْ تَفْعَلُ
كَانَتَا تَفْعَلاَنِ
كُنَّ يَفْعَلْنَ
كُنْتُ أَفْعَلُ
كُنَّا نَفْعَلُ

٤ - مَاذَا يَفْعَلُ الْمُعَلِّمُ فِي الْبَيْتِ مَسَاءَ أَمْسِ ؟

كَانَ	يَفْعَلُ	الْمُعَلِّمُ	
		الْمُعَلِّمَانِ	
		الْمُعَلِّمُونَ	
كَانَتْ	تَفْعَلُ	الْمُعَلِّمَةُ	
		الْمُعَلِّمَتَانِ	
		الْمُعَلِّمَاتُ	

٥ - مَاذَا الْمُعَلِّمُ يَفْعَلُ فِي الْبَيْتِ مَسَاءَ أَمْسِ ؟

كَانَ	الْمُعَلِّمُ يَفْعَلُ
	الْمُعَلِّمَانِ يَفْعَلاَنِ
	الْمُعَلِّمُونَ يَفْعَلُونَ
كَانَتِ	الْمُعَلِّمَةُ تَفْعَلُ
	الْمُعَلِّمَتَانِ تَفْعَلاَنِ
	الْمُعَلِّمَاتُ يَفْعَلْنَ

٦ - كُنْتُ | أَتَنَاوَلُ الْعَشَاءَ | عِنْدَمَا اتَّصَلْتَ بِي بِالْهَاتِفِ لَيْلَةَ أَمْسِ .
	أَكْتُبُ رِسَالَةً	
	أُشَاهِدُ التِّلْفِزْيُونَ	
	أَنَامُ عَلَى السَّرِيرِ	
	أَدْرُسُ الْعَرَبِيَّةَ	
	أَقْرَأُ الْجَرَائِدَ	
	قَدِ انْتَهَيْتُ مِنَ الْعَشَاءِ	
	قَدْ قُمْتُ مِنَ النَّوْمِ	
	قَدْ نُمْتُ	
	قَدْ تَرَكْتُ الْبَيْتَ	
	فِي الْبَيْتِ	
	فِي الْمَدْرَسَةِ	
	فِي انْتِظَارِ صَدِيقِي	

الأسئلة والأجوبة

١ - أَيْنَ كُنْتَ مَسَاءَ أَمْسِ ؟ يَا حَسَنُ .

كُنْتُ فِي الْبَيْتِ مَسَاءَ أَمْسِ .

٢ - مَاذَا كُنْتَ تَفْعَلُ فِي الْبَيْتِ ؟

كُنْتُ أَكْتُبُ بَعْضَ الرَّسَائِلِ إِلَى أَصْدِقَائِي فِي الشَّرْقِ الأَوْسَطِ .

٣ - هَلْ كُنْتَ فِي الْبَيْتِ طُولَ لَيْلَةِ أَمْسِ أَيْضًا ؟

لاَ ، لَمْ أَكُنْ فِي الْبَيْتِ لَيْلَةَ أَمْسِ ، ذَهَبْتُ إِلَى السِّينَمَا .

٤ - أَيْنَ كُنْتِ فِي السَّاعَةِ الْعَاشِرَةِ صَبَاحَ الْيَوْمِ ؟ يَا فَرِيدَةُ .

كُنْتُ فِي الشَّرِكَةِ فِي السَّاعَةِ الْعَاشِرَةِ صَبَاحَ الْيَوْمِ .

٥ - أَيْنَ كُنْتِ عِنْدَمَا اتَّصَلْتُ بِكِ بِالْهَاتِفِ صَبَاحَ الْيَوْمِ ؟

كُنْتُ فِي الْحَمَّامِ . حَمَّامٌ（廁所）

٦ - أَيَّ بَرْنَامِجٍ كُنْتَ تُشَاهِدُ فِي السَّاعَةِ السَّابِعَةِ مَسَاءَ أَمْسِ ؟

كُنْتُ أُشَاهِدُ نَشْرَةَ الأَخْبَارِ الْيَوْمِيَّةِ .

٧ - مَاذَا كُنْتَ تَعْمَلُ عِنْدَمَا اتَّصَلْتُ بِكَ بِالتِّلْفُونِ أَمْسِ ؟

كُنْتُ أَتَّصِلُ بِأَحَدِ أَصْدِقَائِي فِي أَمْرِيكَا .

問題與回答

1. 哈珊,你昨天晚上在哪裡?

   昨天晚上我在家。

2. 你在家做什麼?

   我寫幾封信給我在中東的朋友。

3. 昨天你整個晚上都在家嗎?

   沒有,昨天晚上我不在家,我去看電影了。

4. 法立達,昨天早上十點妳在哪裡?

   昨天早上十點我在公司。

5. 今天早上我打電話給妳的時候妳在哪裡?

   我在洗手間。

6. 昨天晚上七點你看什麼節目?

   我看新聞報告。

7. 昨天我打電話給你的時候你在做什麼?

   我正在跟一位在美國的朋友聯絡。

٨ - مَاذَا كَانَ الْمُعَلِّمُ يَعْمَلُ أَمْسِ عِنْدَمَا رَأَيْتَهُ ؟

عِنْدَمَا رَأَيْتُهُ كَانَ يَتَفَرَّجُ عَلَى التِّلْفِزْيُونِ .

٩ - مَاذَا كُنْتَ تَعْمَلُ عِنْدَمَا كُنْتُ أَكْتُبُ رِسَالَةً ؟

عِنْدَمَا كُنْتَ تَكْتُبُ رِسَالَةً كُنْتُ أَقْرَأُ الْمَجَلاَّتِ .

١٠ - مَاذَا كُنْتَ تَشْرَبُ عِنْدَمَا كُنْتُ أَغْسِلُ وَجْهِي ؟

عِنْدَمَا كُنْتَ تَغْسِلُ وَجْهَكَ كُنْتُ أَشْرَبُ الْقَهْوَةَ .

١١ - هَلْ كَانَ أَخُوكَ مَعَكَ عِنْدَمَا كُنْتَ مُسَافِراً ؟

لاَ ، لَمْ يَكُنْ أَخِي مَعِي عِنْدَمَا كُنْتُ مُسَافِراً .

١٢ - هَلْ تَعْرِفُ مَاذَا كُنْتُ أَقْرَأُ ؟

نَعَمْ ، أَعْرِفُ مَاذَا كُنْتَ تَقْرَأُ ، كُنْتَ تَقْرَأُ الْجَرِيدَةَ الْعَرَبِيَّةَ .

١٣ - هَلْ تَتَذَكَّرُ مَاذَا كَانَ صَدِيقُنَا يَدْرُسُ عِنْدَمَا كَانَ طَالِبًا فِي الْجَامِعَةِ ؟

لا ، نَسِيتُ مَاذَا كَانَ يَدْرُسُ فِي الْجَامِعَةِ .

١٤ - هَلْ نَسِيتَ الأَيَّامَ الَّتِي قَضَيْنَاهَا مَعًا فِي الْجَامِعَةِ ؟

لاَ ، لاَ يُمْكِنُ أَنْ أَنْسَاهَا .

8. 昨天你看見老師的時候他在做什麼?

   我看見他的時候他正在看電視。

9. 我在寫信的時候你在做什麼?

   你在寫信的時候我在看雜誌。

10. 我在洗臉的時候你在做什麼?

    你在洗臉的時候我在喝咖啡。

11. 你出國的時候你兄弟跟你一塊嗎?

    沒有,我出國的時候我兄弟沒跟我在一塊。

12. 你知道我在看什麼嗎?

    是的,我知道你在看什麼,你在看阿文報。

13. 你記不記得我們的朋友在大學的時候是學什麼的?

    我忘了他學什麼的了。

14. 你忘了我們在大學度過的日子嗎?

    我不可能會忘記。

١٥ - هَلْ يُمْكِنُكَ أَنْ تَذْهَبَ مَعِي إِلَى السِّينَمَا هَذِهِ اللَّيْلَةَ ؟

آسِفٌ ، عِنْدِي شُغْلٌ كَثِيرٌ فِي الْبَيْتِ هَذِهِ اللَّيْلَةَ .

١٦ - هَلْ يُمْكِنُكَ أَنْ تُخْبِرَنِي عُنْوَانَكَ ؟

طَبْعًا ، هَذَا هُوَ عُنْوَانِي وَرَقَمُ هَاتِفِي فِي الْبَيْتِ .

١٧ - هَلْ يُمْكِنُنَا أَنْ نَنْسَى مَا لاَ نُرِيدُ أَنْ نَتَذَكَّرَهُ ؟

لاَ ، أَحْيَانًا لاَ يُمْكِنُ أَنْ نَنْسَاهُ .

١٨ - لِمَاذَا لَمْ تَحْضُرِ الْمُحَاضَرَةَ صَبَاحَ الْيَوْمِ ؟

قُمْتُ مُتَأَخِّرًا صَبَاحَ الْيَوْمِ وَنَسِيتُ الْمُحَاضَرَةَ .

١٩ - أَ نَسِيتَ مَا قُلْتُ لَكَ أَمْسِ ؟

لا ، لَمْ أَنْسَ مَا قُلْتَ لِي أَمْسِ .

٢٠ - لاَ تَنْسَ أَنْ تَتَّصِلَ بِي هَاتِفِيًا قَبْلَ أَنْ تُسَافِرَ .

بِالتَّأْكِيدِ ، إِنَّنِي لَنْ أَنْسَى ذَلِكَ .

15. 今天晚上你能跟我一塊去看電影嗎?

    對不起,今天晚上我家裡有很多事情。

16. 你能告訴我你的地址嗎?

    當然可以,這就是我家地址與電話。

17. 我們能忘記不想要記得的嗎?

    不能,有時候我們不可能忘記。

18. 你昨天早上為什麼沒來上課?

    昨天早上我起得很晚,我忘了要上課。

19. 你忘了我昨天跟你說的嗎?

    沒有,我沒忘記你昨天告訴我的。

20. 別忘了出發前打個電話給我。

    一定,我不會忘記。

المحادثة

١ - هَلْ كُنْتَ فِي الْبَيْت بَعْدَ ظُهْرِ أَمْسِ ؟
نَعَمْ ، كُنْتُ فِي الْبَيْتِ بَعْدَ ظُهْرِ أَمْسِ .
مَاذَا كُنْتَ تَفْعَلُ فِي الْبَيْتِ ؟
كُنْتُ أَكْتُبُ بَعْضَ الرَّسَائِلِ لأَصْدِقَائِي فِي الشَّرْقِ الأَوْسَطِ ،
هَلْ كَتَبْتَ رِسَالَةً لِصَدِيقِنَا حَسَنٍ ؟
نَعَمْ ، كَتَبْتُ لَهُ .
مَاذَا كَتَبْتَ فِي الرِّسَالَةِ ؟
أَخْبَرْتُهُ بِأَنَّنِي سَأَزُورُهُ فِي الْعَامِ الْقَادِمِ .

٢ - مَاذَا كُنْتَ تَعْمَلُ عِنْدَمَا اتَّصَلْتُ بِكَ بِالْهَاتِفِ يَوْمَ أَمْسِ ؟
كُنْتُ أَغْسِلُ وَجْهِي وَأَسْنَانِي فِي الْحَمَّامِ .
وَأَيْنَ كُنْتَ عِنْدَمَا وَصَلْتُ إِلَى بَيْتِكَ لِزِيَارَتِكَ ؟
كُنْتُ فِي السِّينَمَا .
هَلْ كَانَتْ صَدِيقَتُكَ مَعَكَ فِي السِّينَمَا ؟
لاَ ، كَانَ أَخِي مَعِي فِي السِّينَمَا .
هَلْ كَانَ صَدِيقُنَا خَالِدٌ يَذْهَبُ مَعَكُمَا ؟
لاَ ، كَانَ خَالِدٌ فِي الْجَامِعَةِ وَلَمْ يَذْهَبْ مَعَنَا .

會話

1. 昨天下午你在家嗎?

    在呀,昨天下午我在家。

    你在家做什麼?

    我寫幾封信給我在中東的朋友。

    你有沒有寫信給我們的朋友哈珊?

    有呀,我寫給他了。

    你在信中寫了什麼?

    我告訴他我明年要去看他。

2. 我昨天打電話給你的時候你在做什麼?

    我在洗手間刷牙洗臉。

    我去你家拜訪你的時候你在哪裡?

    我去看電影了。

    你的女朋友有沒有跟你一塊去?

    沒有,我的兄弟跟我一塊去。

    我們的朋友哈立德有跟你們一塊去嗎?

    沒有,哈立德在學校沒有跟我們一塊去。

٣ - أَيْنَ كُنْتِ فِي السَّاعَةِ الرَّابِعَةِ مَسَاءَ يَوْمِ السَّبْتِ الْمَاضِي ؟
كُنْتُ فِي بَيْتِ صَدِيقَتِي فَرِيدَةَ .
اتَّصَلْتُ بِكِ بِالْهَاتِفِ وَلَمْ تَكُونِي فِي بَيْتِهَا .
لَمْ أَبْقَ فِي بَيْتِهَا إلاَّ حَوَالِي خَمْسِ دَقَائِقَ فَقَطْ .
إلَى أَيْنَ ذَهَبْتِ بَعْدَ أَنْ تَرَكْتِ بَيْتَهَا ؟
ذَهَبْتُ إلَى مَكْتَبَةِ الْجَامِعَةِ لِقِرَاءَةِ بَعْضِ الْجَرَائِدِ الْعَرَبِيَّةِ .
هَلْ كَانَتْ زَيْنَبُ تَقْرَأُ الْجَرَائِدَ هُنَاكَ أَيْضًا ؟
لاَ أَعْرِفُ لَمْ أُشَاهِدْهَا فِي الْمَكْتَبَةِ .

٤ - هَلْ رَأَيْتِ خَالِداً مَسَاءَ أَمْسِ ؟
نَعَمْ ، عِنْدَمَا رَأَيْتُهُ كَانَ مَشْغُولاً جِداً .
مَاذَا كَانَ يَعْمَلُ عِنْدَمَا رَأَيْتِهِ ؟
عِنْدَمَا رَأَيْتُهُ كَانَ يَكْتُبُ الرَّسَائِلَ بِالْعَرَبِيَّةِ إلَى أَصْدِقَاءِهِ .
هَلْ كَانَ خَالِدٌ يَتَفَرَّجُ عَلَى بَرَامِجِ التِّلْفِزْيُونِ بَعْدَ كِتَابَةِ الرَّسَائِلِ مَعَكِ ؟
نَعَمْ ، كُنَّا نَتَفَرَّجُ عَلَى كَثِيرٍ مِنَ الْبَرَامِجِ التِّلْفِزْيُونِيَّةِ .
هَلْ كَانَتِ الْبَرَامِجُ كُلُّهَا جَيِّدَةً ؟
نَسِيتُ مَا إنْ كَانَتِ الْبَرَامِجُ جَيِّدَةً أَمْ لا .

3. 上個禮拜六下午四點妳在哪裡？

   我在我的朋友法立達家。

   我有打電話給妳，妳並不在她家。

   我只在她家待了五分鐘。

   離開她家之後，妳去了哪裡？

   我到大學圖書館去看一些阿文報。

   翟娜也在那邊看報紙嗎？

   我不知道，我在圖書館沒看到她。

4. 昨天晚上妳有沒有看見哈立德？

   有呀，我看見他的時候，他正在忙。

   妳看見他的時候，他正在做什麼？

   我看見他的時候，他正在寫一些阿文信給他的朋友。

   寫完信之後哈立德就跟妳一塊看電視節目了嗎？

   是的，我們看了很多電視節目。

   節目都很好看嗎？

   我忘了節目是不是很好看。

للقراءة والفهم 短文

عِنْدَمَا كُنْتُ أَتَنَاوَلُ الْعَشَاءَ لَيْلَةَ أَمْسِ كَانَ أَخِي حَسَنٌ يَكْتُبُ رَسَائِلَ إِلَى أَصْدِقَائِهِ فِي الشَّرْقِ الأَوْسَطِ ، بَعْدَ أَنِ انْتَهَيْتُ مِنَ الْعَشَاءِ سَأَلَنِي أَخِي سُؤَالاً ، كَانَ يُرِيدُ أَنْ يَعْرِفَ أَيْنَ وُلِدَ صَدِيقِي خَالِدٌ ، قُلْتُ لأَخِي إِنَّ خَالِداً فِعْلاً قَدْ أَخْبَرَنِي أَيْنَ وُلِدَ هُوَ ، وَلَكِنَّنِي نَسِيتُ ذَلِكَ . ثُمَّ سَأَلَ أَخِي فِي أَيَّةِ سَنَةٍ وُلِدَ خَالِدٌ ، وَقُلْتُ لَهُ إِنَّ خَالِداً كَذَلِكَ أَخْبَرَنِي فِي أَيَّةِ سَنَةٍ وُلِدَ هُوَ ، وَلَكِنْ لاَ أَتَذَكَّرُ أَيْضًا .

وَسَأَلَنِي أَخِي بَعْدَ هَذَا الْجَوَابِ هَلْ نَسِيتَ صَدِيقَكَ خَالِداً ؟ قُلْتُ لَهُ لاَ يُمْكِنُ أَنْ أَنْسَاهُ ، وَلاَ يُمْكِنُ أَنْ أَنْسَى الأَيَّامَ الْجَمِيلَةَ الَّتِي قَضَيْنَاهَا مَعًا فِي الْجَامِعَةِ . كُنَّا نَذْهَبُ مَعًا إِلَى الْمَدْرَسَةِ كُلَّ صَبَاحٍ ، وَكُنَّا نَدْرُسُ الْعَرَبِيَّةَ فِي صَفٍّ وَاحِدٍ ، وَفِي الظُّهْرِ كُنَّا نَتَغَدَّى فِي مَطْعَمِ الْجَامِعَةِ كُلَّ يَومٍ تَقْرِيبًا ، وَبَعْدَ الْمَدْرَسَةِ كُنْتُ أَرْكَبُ سَيَّارَتَهُ إِلَى السِّينَمَا ، فِي الْمَسَاءِ كُنَّا نَتَفَرَّجُ عَلَى بَرَامِجِ التِّلْفِزْيُونِ مَعًا .

بَعْدَ أَنْ تَخَرَّجْنَا مِنَ الْجَامِعَةِ سَافَرَ خَالِدٌ إِلَى الشَّرْقِ الأَوْسَطِ لِدِرَاسَةِ الْعَرَبِيَّةِ فِي إِحْدَى الْجَامِعَاتِ الْعَرَبِيَّةِ . وَفِي يَوْمِ سَفَرِهِ ذَهَبْتُ مَعَهُ إِلَى الْمَطَارِ ،

第十九課

وَقُلْتُ لَهُ لاَ تَنْسَ أَنْ تَكْتُبَ رَسَائِلَ لِي بَعْدَ وُصُولِكَ ، وَقَالَ لِي سَأَفْعَلُ ذَلِكَ .

مَرَّتْ عِشْرُونَ سَنَةً ، لَمْ يَكْتُبْ خَالِدٌ رِسَالَةً لِي ، وَلَمْ أَكْتُبْ لَهُ شَيْئًا ، وَلاَ أَعْرِفُ الآنَ هَلْ هُوَ يَتَذَكَّرُ فِي أَيَّةِ سَنَةٍ وُلِدْتُ وَأَيْنَ وُلِدْتُ !؟

المفردات 單字解釋

طُولَ مَسَاءِ أَمْسِ	昨天整個下午	تَفْعَلُ	你做
بَعْضٌ	一些	رِسَالَةٌ ج رَسَائِلُ	信
أُشَاهِدُ	我看	تِلْفِزْيُونُ	電視
بَرْنَامِجٌ ج بَرَامِجُ	節目	نَشْرَةُ الأَخْبَارِ	新聞報告
اِتَّصَلَ	聯絡，聯繫	هَاتِفٌ ج هَوَاتِفُ	電話
أَتَنَاوَلُ	我用	مُسَافِرٌ ج مُسَافِرُونَ	旅行者
سَفَرٌ ج أَسْفَارٌ	旅行	نَسِيتَ	你忘了
الأَيَّامُ الْجَمِيلَةُ	美好的往日	قَضَيْنَا	我們渡過
لاَ يُمْكِنُ	不可能		

الدرس العشرون   مَا لَوْنُ قَمِيصِكَ ؟

١ - مَا لَوْنُ قَمِيصِكَ ؟

٢ - لَوْنُ قَمِيصِي هُوَ أَبْيَضُ .

٣ - مَاَ طُولُكَ ؟

٤ - طُولِي مِائَةٌ وَسَبْعُونَ سَنْتمِتْراً .

٥ - مَاَ وَزْنُكَ ؟

٦ - وَزْنِي اثْنَانِ وَسِتُّونَ كِيلُوغَرَامًا .

٧ - مَا وَزْنُ هَذَا الْحَاسُوبِ ؟

٨ - لا أَعْرِفُ وَزْنَهُ بِالضَّبْطِ وَلَكِنَّهُ خَفِيفٌ وَلَيْسَ ثَقِيلاً .

٩ - مَا مَقَاسُ قَمِيصِكَ ؟

١٠ - مَقَاسُ قَمِيصِي هُوَ ثَمَانِيَةٌ وَثَلاَثُونَ .

١١ - أيَّ حَجْمٍ مِنَ الْحَقِيبَةِ تُرِيدُ ؟

١٢ - أُرِيدُ حَقِيبَةً مِنَ الْحَجْمِ الصَّغِيرِ .

١٣ - هَلْ تُرِيدُ حَقِيبَةً أَصْغَرَ مِنَ هَذِهِ ؟

١٤ - لاَ ، أُرِيدُ أَكْبَرَ مِنْ هَذِهِ .

١٥ - مَنْ أَطْوَلُ ؟   أَنْتَ أَوْ أُخُوكَ الصَّغِيرُ .

١٦ - أَنَا أَطْوَلُ مِنْ أَخِي الصَّغِيرِ بِخَمْسَةِ سَنْتمِتْرَاتٍ .

第二十課　你的襯衫是什麼顏色的？

1. 你的襯衫是什麼顏色的？
2. 我的襯衫是白色的。
3. 你身高是多少？
4. 我的身高是170公分。
5. 你體重是多少？
6. 我的體重是62公斤。
7. 這個電腦多重？
8. 我不完全知道，但是它很輕並不重。
9. 你的襯衫是幾號？
10. 我的襯衫是38號。
11. 你要什麼尺寸的手提箱？
12. 我要小型的手提箱。
13. 你要比這個更小的手提箱嗎？
14. 不，我要比這個更大的。
15. 誰比較高？你還是你的弟弟？
16. 我比我的弟弟高五公分。

句型練習

تدريب للبديل

١ - مَا لَوْنُ قَمِيصِكَ ؟
كِتَابِكَ
قَلَمِكَ
سَيَّارَتِكَ
دَفْتَرِكَ
السَّبُّورَةِ

٢ - لَوْنُ قَمِيصِي هُوَ أَبْيَضُ （白色）
أَحْمَرُ （紅色）
أَصْفَرُ （黃色）
أَخْضَرُ （綠色）
أَزْرَقُ （藍色）
أَسْوَدُ （黑色）
بُنِّيٌّ （咖啡色）
بُرْتُقَالِيٌّ （橘色）
كُحْلِيٌّ （深藍色）

第二十課

٣ - مَا طُولكَ ؟
وَزْنُكَ
حَجْمُ قَمِيصِكَ
مَقَاسُ قَمِيصِكَ
حَجْمُ سَيَّارَتِكَ
مَقَاسُ بَنْطَلُونِكَ (褲子)
حَجْمُ حَقِيبَتِكَ

٤ - أَنَا أَطْوَلُ مِنْكَ بِخَمْسَةِ سَنْتِمِتْرَاتٍ .
أَكْبَرُ بِخَمْسِ سَنَوَاتٍ
أَصْغَرُ بِسَنَتَيْنِ

٥ - أَيَّ حَجْمٍ مِنَ الْحَقِيبَةِ تُرِيدُ ؟
مَقَاسٍ
لَوْنٍ
نَوْعٍ

المحادثة

١ - مَا لَوْنُ قَمِيصِكَ ؟ يَا خَالِدُ .

لَوْنُهُ أَبْيَضُ .

هَلِ اللَّوْنُ الأَبْيَضُ هُوَ لَوْنٌ مُفَضَّلٌ لَدَيْكَ ؟

لاَ ، اللَّوْنُ الأَحْمَرُ هُوَ لَوْنٌ مُفَضَّلٌ لَدَيَّ .

لِمَاذَا اشْتَرَيْتَ الْقَمِيصَ الأَبْيَضَ ؟

لَيْسَ هُنَاكَ قَمِيصٌ إلاَّ بِلَوْنٍ أَبْيَضَ .

كَمْ قَمِيصًا اِشْتَرَيْتَ ؟

اِشْتَرَيْتُ قَمِيصًا وَاحِداً فَقَطْ .

٢ - مَا طُولُكَ ؟ يَا حَسَنُ .

طُولِي مِائَةٌ وَسَبْعُونَ سَنْتِمِتْراً .

هَلْ أَخُوكَ الْكَبِيرُ أَطْوَلُ مِنْكَ ؟

نَعَمْ ، أَخِي الْكَبِيرُ أَطْوَلُ مِنِّي بِثَلاَثَةِ سَنْتِمِتْرَاتٍ .

مَا وَزْنُكَ ؟

وَزْنِي هُوَ سِتُّونَ كِيلُوغْرَامًا .

وَزْنُكَ ثَقِيلٌ .

會話

1. 哈立德,你的襯衫是什麼顏色的?

   它是白色的。

   白色是你最喜歡的顏色嗎?

   不是,紅色是我最喜歡的顏色。

   為什麼你買白色的襯衫?

   只有白色的。

   你買了幾件襯衫?

   我只買了一件。

2. 哈珊,你多高?

   我一百七十公分。

   你的哥哥比你高嗎?

   是的,我的哥哥比我高三公分。

   你多重?

   我六十公斤。

   你的體重蠻重的。

٣ - مَا مَقَاسُ قَمِيصِكَ ؟

أَلْبَسُ قَمِيصًا بِمَقَاسٍ مُتَوَسِّطٍ .

هَلْ بَنْطَلُونُكَ بِمَقَاسٍ كَبِيرٍ ؟

لاَ ، بَنْطَلونِي بِمَقَاسٍ صَغِيرٍ .

هَلْ عِنْدَكَ حَاسُوبٌ فِي الْمَكْتَبِ ؟

نَعَمْ ، عِنْدِي حَاسُوبٌ فِي الْمَكْتَبِ .

بَكَمِ اشْتَرَيْتَهَ ؟

اِشْتَرَيْتُهُ بِحَوَالَيْ ثَمَانِينَ أَلْفَ دُولاَرٍ تَايْوَانِيٍّ جَدِيدٍ .

٤ - مَا حَجْمُ حَقِيبَتِكَ ؟

حَجْمُهُ كَبِيرٌ .

مَتَى اشْتَرَيْتَ تِلْكَ الْحَقِيبَةَ ؟

اِشْتَرَيْتُهَا فِي الْعَامِ الْمَاضِي عِنْدَمَا كُنْتُ أَشْتَغِلُ فِي الشَّرْقِ الأَوْسَطِ

هَلْ كَانَ سِعْرُهَا غَالِيًا ؟

لاَ ، اِشْتَرَيْتُهَا بِأَلْفَيْ دُولاَرٍ تَايْوَانِيٍّ جَدِيدٍ .

هَلْ حَقِيبَتُكَ ثَقِيلَةٌ ؟

لا ، هِيَ خَفِيفَةٌ نِصفُ كِيلوُ غُرَامٍ فَقَطْ .

3. 你穿幾號的襯衫?

   我穿中號的。

   你的褲子是大號的嗎?

   不是,我的褲子是小號的。

   你的辦公室有電腦嗎?

   有呀,我的辦公室有電腦。

   多少錢買的。

   大約花了新台幣八萬元買的。

4. 你的皮箱是什麼尺寸的?

   它是大號的。

   那個皮箱你什麼時候買的?

   去年我在中東工作的時候買的。

   價格很貴嗎?

   不貴,大概台幣兩千塊。

   你的皮箱會很重嗎?

   不會,很輕大概只有半公斤。

短文

للقراءة والفهم

فِي عَائِلَتِي سَبْعَةُ أَفْرَادٍ ، هُمْ أَبِي وَأُمِّي وَأَخِي الْكَبِيرُ وَأَخِي الصَّغِيرُ وَأُخْتِي الْكَبِيرَةُ وَأُخْتِي الصَّغِيرَةُ وَأَنَا . أَبِي يُحِبُّ أَنْ يَلْبَسَ قَمِيصًا أَبْيَضَ ، أُمِّي تُحِبُّ قَمِيصًا أَحْمَرَ ، أَخِي الْكَبِيرُ يُحِبُّ الأَصْفَرَ ، أَخِي الصَّغِيرُ يُحِبُّ الأَحْمَرَ ، أُخْتِي الْكَبِيرَةُ تُحِبُّ أَنْ تَلْبَسَ قَمِيصًا أَخْضَرَ ، أُخْتِي الصَّغِيرَةُ تُحِبُّ الأَزْرَقَ ، أَمَا أَنَا فَأُحِبُّ الْبُرْتُقَالِيَّ .

أَخِي الْكَبِيرُ هُوَ الأَطْوَلُ فِي عَائِلَتِنَا ، طُولُهَ مِائَةٌ وَثَمَانُونَ سَنْتِمِتْرًا ، أَخِي الصَّغِيرُ أَقْصَرُ مِنْهُ بِخَمْسَةِ سَنْتِمِتْرَاتٍ ، وَأَبِي أَطْوَلُ مِنْ أَخِي الصَّغِيرِ بِثَلاَثَةِ سَنْتِمِتْرَاتٍ ، أُخْتِي الْكَبِيرَةُ أَقْصَرُ مِنْ أَبِي بِعَشَرَةِ سَنْتِمِتْرَاتٍ ، أُخْتِي الصَّغِيرَةُ أَطْوَلُ مِنْ أُخْتِي الْكَبِيرَةِ بِخَمْسَةِ سَنْتِمِتْرَاتٍ ، طُولُ أُمِّي مِثْلُ أُخْتِي الصَّغِيرَةِ تَمَامًا ، أَمَّا أَنَا فَأَطْوَلُ مِنْ أُخْتِي الصَّغِيرَةِ بِسَنْتِمِتْرَيْنِ فَقَطْ . الآنَ إِحْزِرْ مَا طُولِي أَنَا ؟

وَزْنِي هُوَ اثْنَانِ وَسِتُّونَ كِيلُوغْرَامًا ، أَخِي الْكَبِيرُ أَثْقَلُ مِنِّي بِخَمْسَةِ كِيلُوغْرَامَاتٍ ، وَزْنُ أَخِي الصَّغِيرُ أَقَلُّ مِنْ أَبِي بِكِيلُوغْرَامَيْنِ ، أَبِي وَزْنُهُ ثَمَانِيَةٌ وَخَمْسُونَ كِيلُوغْرَامًا ، وَزْنُ أُخْتِي الصَّغِيرَةِ خَفِيفٌ وَوَزْنُ أُخْتِي الْكَبِيرَةِ لَيْسَ كَثِيرًا ، وَلاَ تُرِيدُ أَنْ يَعْرِفَ أَحَدٌ وَزْنَهَا ، وَكَذَلِكَ أُمِّي . لأَنَّ الْوَزْنَ لِلنِّسَاءِ مِثْلَ السِّنِ تَمَامًا هُوَ سِرٌّ لاَ تُرِدْنَ أَحَدًا أَنْ يَعْرِفَهُ .

單字解釋   المفردات

顏色	لَوْنٌ ج أَلْوَانٌ	什麼	مَا
白色	أَبْيَضُ م بَيْضَاءُ	襯衫	قَمِيصٌ ج قُمْصَانٌ
公分	سَنْتِمِتْرٌ ج سَنْتِمِتْرَاتٌ	身高，長度	طُولٌ
公斤	كِيلُوغْرَامٌ ج كِيلُوغْرَامَاتٌ	體重，重量	وَزْنٌ ج أَوْزَانٌ
輕的	خَفِيفٌ	電腦，計算機	حَاسُوبٌ
尺寸	مَقَاسٌ ج مَقَاسَاتٌ	重的	ثَقِيلٌ
手提箱，箱子	حَقِيبَةٌ ج حَقَائِبُ	尺寸，容量	حَجْمٌ ج أَحْجَامٌ
比……大	أَكْبَرُ مِنْ	大的	كَبِيرٌ
比……小	أَصْغَرُ مِنْ	小的	صَغِيرٌ
比……高，長	أَطْوَلُ مِنْ	高的，長的	طَوِيلٌ
比……矮，短	أَقْصَرُ مِنْ	矮的，短的	قَصِيرٌ
黃色	أَصْفَرُ م صَفْرَاءُ	紅色	أَحْمَرُ م حَمْرَاءُ
藍色	أَزْرَقُ م زَرْقَاءُ	綠色	أَخْضَرُ م خَضْرَاءُ
橙色	بُرْتُغَالِيٌّ	黑色	أَسْوَدُ م سَوْدَاءُ
褲子	بَنْطَلُونٌ ج بَنْطَلُونَاتٌ	咖啡色	بُنِّيٌّ

الدرس الحادي والعشرون أَيَّةُ خِدْمَةٍ ؟

١ - أَيَّةُ خِدْمَةٍ ؟

٢ - هَلْ يُمْكِنُكَ أَنْ تُخْبِرَ السَّيِّدَ حَسَنًا بِأَنَّنِي قَدْ وَصَلْتُ هُنَا الآنَ ؟

٣ - نَعَمْ ، إِنْتَظِرْ قَلِيلاً تَفَضَّلْ بِالْجُلُوسِ .

٤ - أَعْطِنِي تِلْكَ الْمَجَلَّةَ مِنْ فَضْلِكَ .

٥ - حَاضِرٌ ، خُذِ الْمَجَلَّةَ .

٦ - هَلْ بِإِمْكَانِكَ أَنْ تُسَاعِدَنِي فِي نَقْلِ هَذِهِ الْحَقِيبَةِ الثَّقِيلَةِ ؟

٧ - نَعَمْ ، بِكُلِّ سُرُورٍ .

٨ - هَلْ يَجُوزُ أَنْ أَفْتَحَ ضَوْءَ الْكَهْرُبَاءِ ؟

٩ - نَعَمْ ، وَلَكِنْ لاَ تَنْسَ أَنْ تُطْفِئَهُ عِنْدَمَا تَتْرُكُ الْغُرْفَةَ .

١٠ - هَلْ تَسْمَحُ لِي أَنْ أُشَغِّلَ الرَّادِيُو ؟

١١ - نَعَمْ ، وَلَكِنْ لاَ تَرْفَعْ صَوْتَهُ كَثِيراً .

١٢ - هَلْ يَجِبُ أَنْ أُقْفِلَ الرَّادِيُو بَعْدَ الإسْتِمَاعِ ؟

١٣ - نَعَمْ ، لَوْ سَمَحْتَ .

١٤ - هَلْ يَحِقُّ أَنْ أُدَخِّنَ هُنَا ؟

١٥ - لا ، أَلتَّدْخِينُ مَمْنُوعٌ هُنَا .

第二十一課　有什麼可以為你效勞的嗎？

1. 有什麼可以為你效勞的嗎？
2. 你能不能告訴哈珊先生說我現在已經到這裡來了？
3. 可以，等一下，請坐。
4. 麻煩你把那本雜誌給我好嗎？
5. 好的，拿去吧。
6. 能不能麻煩你幫我搬一下這個很重的皮箱？
7. 可以，我很樂意。
8. 我能開電燈嗎？
9. 可以，但是別忘了在你離開房間的時候把它關掉。
10. 我能開收音機嗎？
11. 可以，但是不要把聲音開太大。
12. 聽完收音機之後應該把它關掉嗎？
13. 是的，麻煩你。
14. 我可以在這裡吸煙嗎？
15. 不可以，這裡是禁止吸煙的。

句型練習　　　　　　　　　　　　　　　تدريب للبديل

١ - هَلْ يُمْكِنُكَ | أَنْ تُخْبِرَ السَّيِّدَ حَسَنًا بِأَنَّنِي قَدْ | وَصَلْتُ | هُنَا الآنَ
بِامْكَانِكَ
جِئْتُ
أَتَيْتُ

٢ - أَعْطِنِي تِلْكَ الْمَجَلَّةَ | مِنْ فَضْلِكَ | .
رَجَاءً
أَرْجُوكَ
لَوْ سَمَحْتَ

٣ - هَلْ يَجُوزُ | أَنْ أَفْتَحَ | ضَوْءَ | الْكَهْرُبَاءِ ؟
يُمْكِنُ أُطْفِئَ
يَجِبُ أُسَكِّرَ
يَحِقُّ أُشَغِّلَ
تَسْمَحُ لِي

٤ - هَلْ

تَسْمَحُ لِي	أَنْ
يُمْكِنُنِي	
بِامْكَانِي	
يَجِبُ	
يَجُوزُ	
يَحُقُّ	

أُشَغِّلَ الرَّادِيُو	؟
أُدَخِّنَ	
أَسْتَمِعَ إِلَى الرَّادِيُو	
أُشَاهِدَ التِّلْفِزْيُونَ	
أَرْفَعَ صَوْتَ التِلْفِزْيُونِ	
أُسَاعِدَكَ	
أُطْفِئَ الضَّوْءَ	
أَفْتَحَ الضَّوْءَ	
أَتَكَلَّمَ مَعَكَ الآنَ	
أُسَكِّرَ التِّلْفِزْيُونَ	

٥ - لَوْ سَمَحْتَ أَعْطِنِي

تِلْكَ الْمَجَلَّةَ	.
فِنْجَانًا مِنَ الْقَهْوَةِ	
كَاسًا مِنَ الشَّايِ	
الْعَصِيرَ	
التِّلِيفُونَ	
الرِّسَالَةَ	

الأسئلة والأجوبة

١ - أيَّةُ خِدْمَةٍ ؟ يَا فَرِيدُ .

أُرِيدُكَ أَنْ تُسَاعِدَنِي فِي نَقْلِ هَذِهِ الطَّاوِلَةِ الثَّقِيلَةِ إِلَى الْمَكْتَبِ .

٢ - أيَّةُ خِدْمَةٍ ؟ يَا زَيْنَبُ .

هَلْ يُمْكِنُكَ أَنْ تُخْبِرَنِي فِي أَيِّ شَهْرٍ نَحْنُ الآنَ ؟

٣ - هَلْ يُمْكِنُ أَنْ تُعْطِينِي هَذِهِ الْمَجَلَّةَ لِأَتَفَرَّجَ عَلَيْهَا قَلِيلاً ؟

بِكُلِّ سُرُورٍ ، تَفَضَّلْ خُذْهَا .

٤ - هَلْ بِإِمْكَانِكَ أَنْ تُسَاعِدَنِي عَلَى نَقْلِ هَذِهِ الْحَقِيبَةِ إِلَى غُرْفَتِي ؟

نَعَمْ ، بِكُلِّ سُرُورٍ .

٥ - هَلْ يَجُوزُ أَنْ أَنْتَظِرَ صَدِيقِي هُنَا ؟

نَعَمْ ، يَجُورُ أَنْ تَنْتَظِرَ صَدِيقَكَ هُنَا ، وَتَفَضَّلْ بِالْجُلُوسِ .

٦ - هَلْ يَجُوزُ أَنْ أَسْتَعْمِلَ التِّلِيفُونَ فِي هَذَا الْمَكْتَبِ ؟

نَعَمْ ، تَفَضَّلْ .

問題與回答

1. 法立德,能為你效勞嗎?

   我想請你幫我把這張很重的桌子搬到辦公室去。

2. 翟娜,能為妳效勞嗎?

   你能不能告訴我現在是幾月?

3. 你可不可以把這本雜誌給我看一下?

   非常樂意,請拿去吧。

4. 能不能請你把這個皮箱搬到我的房間?

   是的,非常樂意。

5. 我可以在這邊等我的朋友嗎?

   可以,你可以在這邊等你的朋友。請坐!

6. 我可以用這個辦公室的電話嗎?

   可以,請用。

٧ - هَلْ يَجُوزُ أَنْ أَسْتَعْمِلَ الْكَهْرُبَاءَ فِي غُرْفَتِي ؟

طَبْعًا ، يُمْكِنُكَ أَنْ تَسْتَعْمِلَهُ فِي أَيِّ وَقْتٍ .

٨ - هَلْ بِامْكَانِي أَنْ أَفْتَحَ هَذَا الْبَابَ ؟

نَعَمْ ، وَلَكِنْ لاَ تَنْسَ أَنْ تُسَكِّرَهُ قَبْلَ نَوْمِكَ .

٩ - هَلْ بِامْكَانِكَ أَنْ تَطْفِئَ الضَّوْءَ ؟ لأَنَّنِي أُرِيدُ أَنْ أَنَامَ الآنَ .

نَعَمْ ، أُطْفِئُهُ فَوراً .

١٠ - هَلْ تَسْمَحُ لِي أَنْ أَسْتَعْمِلَ تِلِيفُونَكَ ؟

طَبْعًا ، يُمْكِنُكَ أَنْ تَسْتَعْمِلَهُ الآنَ .

١١ - هَلْ بِامْكَانِكَ أَنْ تَرْفَعَ صَوْتَ الرَّادِيُو قَلِيلاً ؟ أُرِيدُ أَنْ أَسْمَعَ أَخْبَاراً أَيْضًا

نَعَمْ ، وَلِكِنْ أَخَافُ إِزْعَاجَ الآخَرِينَ .

١٢ - هَلْ يَجِبُ أَنْ أُسَكِّرَ الرَّادِيُو قَبْلَ أَنْ أَتْرُكَ الْغُرْفَةَ ؟

لاَ ، لاَ تُسَكِّرْهُ ، أَنَا سَأُسَكِّرُهُ بَعْدَ الأَخْبَارِ .

١٣ - لَوْ سَمَحْتَ ، لاَ تُدَخِّنْ هُنَا .

آسِفٌ ، فَكَّرْتُ أَنَّهُ يَجُوزُ التَّدْخِينُ هُنَا .

7. 我可以用我房間的電嗎?

 當然,隨時都可以用。

8. 我可以打開這扇門嗎?

 可以,但是不要忘了睡覺前把它關好。

9. 你能不能把燈關掉,因為我現在要睡覺了。

 是的,我立刻關掉。

10. 你允許我用你的電話嗎?

 當然,你現在就可以用。

11. 你能不能把收音機的聲音開大一點,我也要聽新聞?

 可以,但是我怕會吵到別人。

12. 我離開房間之前要不要把收音機關掉?

 不必關,我聽完新聞之後會關。

13. 對不起,不要在這裡抽煙。

 對不起,我以為這裡可以抽煙。

١٤ - لَوْ سَمَحْتَ ، أَعْطِنِي فِنْجَانًا مِنَ الْقَهْوَةِ .

طَيِّبٌ ، هَلْ تُفَضِّلُ الْقَهْوَةَ بِدُونِ السُّكَّرِ ؟

١٥ - لَوْ سَمَحْتَ ، خَفِّفْ صَوْتَ الرَّادِيُو قَلِيلاً .

آسِفٌ ، لَمْ أَكُنْ أَعْرِفُ أَنَّ صَوْتَهُ يُزْعِجُكَ .

١٦ - أَعْطِنِي جَرِيدَةً لَوْ سَمَحْتَ ، يَا خَالِدُ .

حَاضِرٌ ، هَذِهِ هِيَ جَرِيدَةُ الْيَوْمِ .

١٧ - هَلْ تَسْمَحِينَ لِي أَنْ أُسَاعِدَكِ فِي هَذَا الدَّرْسِ ؟

لاَ ، شُكْرًا ، أَفْهَمُ هَذَا الدَّرْسَ جَيِّدًا .

١٨ - هَلْ يُمْكِنُكَ أَنْ تُسَاعِدَنِي فِي أَنْ تُطْفِئَ الضَّوْءَ ؟

نَعَمْ ، بِكُلِّ سُرُورٍ .

١٩ - لَوْ سَمَحْتَ ، لاَ تُدَخِّنْ .

آسِف ، حَاضِرٌ .

٢٠ - مَا مَكْتُوبٌ هُنَا ؟

مَمْنُوعُ التَّدْخِينِ .

14. 對不起,給我一杯咖啡。

　　好的,你要不加糖的咖啡嗎?

15. 對不起,請把收音機的聲音關小聲一點。

　　對不起,我不知道聲音會吵到你。

16. 哈立德,麻煩你給我今天的報紙。

　　好的,這就是今天的報紙。

17. 我可以幫忙妳這一課嗎?

　　不必,謝謝,這一課我完全了解了。

18. 你能幫我把燈關掉嗎?

　　好的,我很樂意。

19. 對不起,請不要抽煙。

　　是的,對不起。

20. 這裡寫著什麼?

　　禁止抽煙。

المحَادثة

١ - هَلْ بِامْكَانِكَ أَنْ تُسَاعِدَنِي لِدَقِيقَةٍ وَاحِدَةٍ ؟

نَعَمْ ، بِكُلِّ سُرُورٍ ، مَاذَا تُرِيدُنِي أَنْ أَعْمَلَ ؟

سَاعِدْنِي فِي نَقْلِ هٰذِهِ الْكَتُبِ إِلَى غُرْفَتِي .

أَيَّةِ غُرْفَةٍ ، هَلْ هِيَ فِي الطَّابِقِ الثَّالِثِ ؟

لاَ ، غُرْفَتِي فِي الطَّابِقِ الْخَامِسِ .

هَلْ يُمْكِنُنِي أَنْ أَقْرَأَ بَعْضَ هٰذِهِ الْكُتُبِ ؟

طَبْعًا ، يُمْكُنُكَ أَنْ تَقْرَأَهَا فِي أَيِّ وَقْتٍ تُرِيدُ .

٢ - هَلْ يُمْكِنُكِ أَنْ تُخْبِرِي السَّيِّدَ خَالِداً بِأَنَّنِي قَدْ وَصَلْتُ ؟

نَعَمْ ، إِنْتَظِرْ قَلِيلاً ، سَأَتَّصِلُهُ بِالْهَاتِفِ .

هَلِ السَّيِّدُ خَالِدٌ مَوْجُودٌ الآنَ فِي مَكْتَبِهِ ؟

آسِفَةٌ ، السَّيِّدُ خَالِدٌ قَدْ خَرَجَ مِنَ الشَّرِكَةِ .

هَلْ تَعْرِفِينَ مَتَى سَيَرْجِعُ إِلَى الْمَكْتَبِ ؟

لاَ ، لاَ أَعْرِفُ هَلْ يَرجِعُ بَعْدَ قَلِيلٍ أَمْ لاَ .

هَلْ بِامْكَانِي أَنْ أَجْلِسَ هُنَا وَأَنْتَظِرَ حَتَى يَرجِعَ ؟

طَبْعًا ، وَيُمْكِنُكَ أَنْ تَقْرَأَ هٰذِهِ الْمَجَلاَّتِ وَالْجَرَائِدَ إِلَى أَنْ يَرْجِعَ .

會話

1. 你能不能幫我一下子？

    可以，很樂意，你要我做什麼？

    幫我把這些書搬到我的房間。

    哪個房間？是在三樓的嗎？

    不是，我的房間在五樓。

    我可不可以看看這些書？

    當然可以，你隨時可以看。

2. 妳能不能告訴哈立德先生說我已經到了？

    好的，你等一下，我打電話給他。

    哈立德先生現在在辦公室嗎？

    對不起，哈立德先生已經從公司出去了。

    你知不知道他什麼時候會回辦公室？

    我不知道他是不是等一下就回來。

    我能不能坐在這裡等他回來？

    當然，你可以看看雜誌、報紙直到他回來。

٣ – لِمَنْ هٰذَا الرَّادِيُو ؟ يَا حَسَنُ .

هٰذَا الرَّادِيُو لِي ، هَلْ تُرِيدُ أَنْ تَسْمَعَ بِهِ ؟

نَعَمْ ، هَلْ تَسْمَحُ لِي أَنْ أُشَغِّلَهُ ، أُرِيدُ أَنْ أَسْمَعَ نَشْرَةَ الأَخْبَارِ .

تَفَضَّلْ ، وَلٰكِنْ لاَ تَرْفَعْ صَوْتَهُ عَالِيًا خَوْفًا مِنْ إِزْعَاجِ الْجِيرَانِ .

حَاضِرٌ ، عَلَى فِكْرَةٍ ، أَ لاَ تَسْمَعُ نَشْرَةَ الأَخْبَارِ ؟

بَلَى ، أَسْمَعُ دَائِمًا ، وَلٰكِنَّنِي الآنَ مَشْغُولٌ بِالدِّرَاسَةِ .

هَلْ يُمْكِنُنِي أَنْ أَفْتَحَ ضَوْءَ الْكَهْرُبَاءِ ؟

نَعَمْ ، وَلٰكِنْ لاَ تَنْسَ أَنْ تُطْفِئَهُ بَعْدَ الإِسْتِعْمَالِ .

٤ – هَلْ يَجُوزُ أَنْ أُدَخِّنَ هُنَا ؟

لاَ ، آسِفٌ ، هٰذَا الْمَكْتَبُ مَمْنُوعُ التَّدْخِينِ .

أَيْنَ يَحُقُّ لِي أَنْ أُدَخِّنَ ؟

يَحُقُّ أَنْ تُدَخِّنَ فِي غُرْفَةِ التَّدْخِينِ عَلَى يَمِينِ هٰذَا الْمَكْتَبِ .

هَلْ أَنْتَ تُدَخِّنُ ؟

لاَ ، أَلْحَمْدُ لِلّٰهِ ، لاَ أُدَخِّنُ .

لَوْ سَمَحْتَ ، هَلْ عِنْدَكَ وَلاَّعَةٌ ؟ نَسِيتُهَا فِي حَقِيبَتِي .

مَا عِنْدِي وَلاَّعَةٌ ، وَلٰكِنْ يُمْكِنُكَ أَنْ تَأْخُذَهَا مِنْ عَلِيٍّ لأَنَّهُ يُدَخِّنُ

3. 哈珊,這是誰的收音機?

    這是我的收音機,你要聽嗎?

    要,我能打開嗎?我想聽新聞報告。

    請,但是,不要開太大聲怕吵到鄰居。

    好的,對了,你不聽新聞報告嗎?

    聽呀,我常聽,但是現在我正忙於功課。

    我能開燈嗎?

    可以,但是,用完別忘了關掉。

4. 我可以在這邊抽煙嗎?

    對不起,不可以,這個辦公室是禁止抽煙的。

    在哪裡可以抽煙?

    你可以在辦公室右邊的抽煙室抽煙。

    你抽煙嗎?

    我不抽煙,感謝真主。

    對不起,你有打火機嗎?我把它忘在皮箱了。

    我沒有打火機,但是,你可以跟阿里拿,因為他抽煙。

短文 للقراءة والفهم

فِي الأسْبُوْعِ الْمَاضِي تَرَكْتُ الْبَيْتَ فِي السَّاعَةِ السَابِعَةِ صَبَاحًا ، وَذَهَبْتُ إلَى مَدِينَةِ تَايْبَيْهْ لِزِيَارَةِ صَدِيقِي حَسَنٍ يَعْمَلُ فِي إحْدَى الشَّرِكَاتِ التِّجَارِيَّةِ . عِنْدَمَا وَصَلْتُ الشَّرِكَةَ الَّتِي يَعْمَلُ فِيهَا ، سَأَلَتْنِي سِكْرِتِيرَتُهُ : أَيَّةُ خِدْمَةٍ ؟ قُلْتُ لَهَا : أَنَا صَدِيقُ حَسَنٍ ، هَلْ يُمْكِنُكِ أَنْ تُخْبِرِيهِ بِأَنَّ صَدِيقَهُ خَالِداً قَدْ وَصَلَ هُنَا الآنَ لِزِيَارَتِهِ . أَخَذَتِ السِّكْرِتِيرَةُ التِّلِيفُونَ وَاتَّصَلَتْ بِمُدِيرِهَا حَسَنٍ ، وَسَمِعْتُ أَنَّهَا فِعْلاً قَدْ أَخْبَرَتْهُ بِأَنِّنِي قَدْ وَصَلْتُ لِزِيَارَتِهِ . بَعْدَ قَلِيلٍ أَخْبَرَتْنِي السِّكْرِتِيرَةُ : أَنَّ صَدِيقَكَ حَسَنًا مَشْغُولٌ جِداً الآنَ وَعِنْدَهُ ضَيْفٌ فِي الْمَكْتَبِ ، وَيُرِيدُكَ أَنْ تَنْتَظِرَ قَلِيلاً فِي غُرْفَةِ الإنْتِظَارِ

ثُمَّ ذَهَبْتُ إلَى غُرْفَةِ الإنْتِظَارِ ، وكَانَ فِي هذِهِ الْغُرْفَةِ كَثِيرٌ مِنَ الْمَجَلاَّتِ وَالْجَرَائِدِ ، هُنَاكَ مَجَلاَّتٌ عَرَبِيَّةٌ وَصِينِيَّةٌ وَإنْجِلِيزِيَّةٌ ، كَذَلِكَ جَرَائِدُ بِلُغَاتٍ كَثِيرَةٍ . وَسَأَلْتُ السِّكْرِتِيرَةَ : هَلْ يُمْكِنُنِي أَنْ أَقْرَأَ هذِهِ الْمَجَلاَّتِ وَالْجَرَائِدَ ؟ سَأَلَتْنِي : أَيَّةَ مَجَلَّةٍ أَوْ جَرَائِدَ تُفَضِّلُ أَنْ تَقْرَأَ ؟ عَرَبِيَّةً أَوْ إنْجِلِيزِيَّةً ؟ قُلْتُ لَهَا : أُفَضِّلُ مَجَلاَّتٍ بِاللُّغَةِ الصِّينِيَّةِ . فَأَعْطَتْنِي مَجَلَّةً

صِينِيَّةً ، ثُمَّ قُلْتُ لهَا : هَلْ بِامْكَانِي أَنْ أُشَغِّلَ الرَّادِيُو فِي الْغُرْفَةِ ؟ لأَنَّنِي أُرِيدُ أَنْ أَسْمَعَ نَشْرَةَ الأَخْبَارِ ، قَالَتْ : طَبْعًا ، وَلَكِنْ لاَ تَرْفَعْ صَوتَهُ كَثِيراً خَوْفًا مِنْ إزْعَاجِ الآخَرِينَ . وَانْتَظَرْتُ حَوَالَيْ عَشْرِ دَقَائِقَ فِي الْغُرْفَةِ وَلَمْ يَأْتِ صَدِيقِي ، ثَمَّ أَخْرَجْتُ الدُّخَانَ مِنْ جَيْبِي ، وَمَا أَنْ دَخَّنْتُ حَتَى قَالَتِ السِّكْرِتِيرَةُ بِصَوْتٍ عَالٍ : هُنَا مَمْنُوعُ التَّدْخِينِ يَا سَيِّدِي .

單字解釋　المفردات

خِدْمَةٌ ج خَدَمَاتٌ	服務	أَمْكَنَ - يُمْكِنُ - إِمْكَانٌ	可能
أَخْبَرَ - يُخْبِرُ - إِخْبَارٌ	告訴	وَصَلَ - يَصِلُ - وُصُولٌ	抵達
إِنْتَظَرَ - يَنْتَظِرُ - إِنْتِظَارٌ	等待	إِنْتَظِرْ	（命令）你等一下
أَعْطَى - يُعْطِي - إِعْطَاءٌ	給	أَعْطِنِي	（命令）你給我
مَجَلَّةٌ ج مَجَلاَّتٌ	雜誌	حَاضِرٌ	出席，好的
أَخَذَ - يَأْخُذُ - أَخْذٌ	拿，取	خُذْ	（命令）你拿去
سَاعَدَ - يُسَاعِدُ - مُسَاعَدَةٌ	幫忙	نَقَلَ - يَنْقُلُ - نَقْلٌ	搬運
سَرَّ - يَسُرُّ - سُرُورٌ	高興	جَازَ - يَجُوزُ - جَوَازٌ	允許
فَتَحَ - يَفْتَحُ - فَتْحٌ	打開	ضَوْءٌ ج أَضْوَاءٌ	燈光
كَهْرُبَاءُ	電	نَسِيَ - يَنْسَى - نِسْيَانٌ	忘記

單字解釋　المفردات

المفردات	中文	المفردات	中文
طَفِئَ – يَطْفِئُ – طُفُوءٌ	熄滅，關閉	سَمَحَ – يَسْمَحُ – سَمَاحٌ	允許
شَغَّلَ – يُشَغِّلُ – تَشْغِيـ	開動	رَفَعَ – يَرْفَعُ – رَفْعٌ	升，舉
صَوْتٌ ج أَصْوَا	聲音	وَجَبَ – يَجِبُ – وُجُوبٌ	應該
سَكَّرَ – يُسَكِّرُ – تَسْكِـ	關閉	اِسْتَمَعَ – يَسْتَمِعُ – اِسْتِمَاعٌ	傾聽
حَقَّ – يَحُقُّ – حَقٌّ	可以	دَخَّنَ – يُدَخِّنُ – تَدْخِينٌ	抽菸
مَمْنُو	禁止	أَزْعَجَ – يُزْعِجُ – إِزْعَاجٌ	打擾
مَوْ	在	وَلَّاعَةٌ ج وَلَّاعَاتٌ	打火機
جَيْبٌ ج جُيُو	口袋	خَوْفًا مِنْ	避免
أَخْرَجَ – يُخْرِجُ – إِخْرَاجٌ	趕出，取出		

الدرس الثاني والعشرون   هَلْ أَنْتَ مُتَزَوِّجٌ ؟

١ - هَلْ أَنْتَ مُتَزَوِّجٌ ؟

٢ - لاَ ، أَنَا أَعْزَبُ ، لَمْ أَتزوَّجْ بَعْدُ .

٣ - مَتَى سَتَتَزَوَّجُ إنْ شَاءَ اللَّهُ ؟

٤ - سَأَتزَوَّجُ فِي الْعَامِ الْمُقْبِلِ إنْ شَاءَ اللَّهُ .

٥ - أَيْنَ سَتُقِيمُ حَفْلَةَ زَوَاجِكَ ؟

٦ - سَأُقِيمُ حَفْلَةَ الزَّوَاجِ فِي مَطْعَمٍ فَاخِرٍ بِتَايْبَيْه .

٧ - كَمْ سَنَةً تَزَوَّجْتَ ؟

٨ - تَزَوَّجْتُ مُنْذُ عَشَرِ سَنَوَاتٍ .

٩ - فِي أَيَّةِ سَنَةٍ تَزَوَّجْتَ ؟

١٠ - تَزَوَّجْتُ فِي سَنَةِ أَلْفٍ وَتِسْعِمِائَةٍ وثَمَانٍ وَثَمَانِين .

١١ - كَمْ وَلَداً أَوْ بِنْتًا عِنْدَكَ الآنَ ؟

١٢ - عِنْدِي وَلَدٌ وَبِنْتٌ الآنَ .

١٣ - كَمْ كَانَ عُمْرُكَ عِنْدَمَا تَزَوَّجْتَ ؟

١٤ - تَزَوَّجْتُ وكَانَ عُمْرِي أَرْبَعًا وَعِشْرِينَ سَنَةً .

第二十二課　你結婚了嗎？

1. 你結婚了嗎？
2. 不，我單身，我還沒結婚。
3. 你什麼時候要結婚？
4. 我明年就要結婚了。
5. 你要在哪裡舉行結婚典禮？
6. 我要在台北一家豪華的飯店舉行結婚典禮。
7. 你結婚幾年了？
8. 我十年前結婚的。
9. 你在幾年的時候結婚的？
10. 我在1988年結婚的。
11. 你現在有幾個小孩了？
12. 我現在有一男一女。
13. 你幾歲結婚的？
14. 我24歲的時候結婚的。

句型練習

تدريب للبديل

١ - هَلْ أَنْتَ مُتَزَوِّجٌ ؟

هُوَ

أَنَا

٢ - هَلْ أَنْتِ مُتَزَوِّجَةٌ ؟

هِيَ

أَنَا

٣ - هَلْ أَنْتُمَا مُتَزَوِّجَانِ

هُمَا

٤ - هَلْ أَنْتُمَا مُتَزَوِّجَتَانِ ؟

هُمَا

٥ - هَلْ أَنْتُمْ مُتَزَوِّجُونَ

هُمْ

نَحْنُ

٦ - هَلْ أَنْتُنَّ مُتَزَوِّجَاتٌ ؟

هُنَّ

نَحْنُ

٧ - لاَ ، أَنَا أَعْزَبُ ، لَمْ أَتَزَوَّجْ بَعْدُ .

هُو — يَتَزَوَّجْ

أَنْتَ — تَتَزَوَّجْ

٨ - لاَ ، | هِيَ / أَنْتِ / أَنَا | عَزْبَاءُ ، لَمْ | تَتَزَوَّجْ / تَتَزَوَّجِي / أَتَزَوَّجْ | بَعْدُ .

٩ - لاَ ، | نَحْنُ / أَنْتُمْ / هُمْ | عُزْبٌ ، لَمْ | نَتَزَوَّجْ / تَتَزَوَّجُوا / يَتَزَوَّجُوا | بَعْدُ .

١٠ - لاَ ، | نَحْنُ / أَنْتُنَّ / هُنَّ | عُزْبٌ ، لَمْ | نَتَزَوَّجْ / تَتَزَوَّجْنَ / يَتَزَوَّجْنَ | بَعْدُ .

الأسئلة والأجوبة

١ - هَلْ أَنْتَ مُتَزَوِّجٌ ؟

نَعَمْ ، أَنَا مُتَزَوِّجٌ .

٢ - هَلْ أَنْتِ مُتَزَوِّجَةٌ ؟

لا ، لَمْ أَتَزَوَّجْ بَعْدُ ، أَنَا عَزْبَاءُ .

٣ - هَلْ أَنْتُمْ مُتَزَوِّجُونَ ؟

نَعَمْ ، نَحْنُ مُتَزَوِّجُونَ وَالْحَمْدُ لِلَّهِ .

٤ - مَتَى تَزَوَّجْتَ ؟ يَا حَسَنُ .

تَزَوَّجْتُ فِي الْعَامِ الْمَاضِي ، وَأَنْتَ حَضَرْتَ حَفْلَةَ زَوَاجِي ، أَنَسِيتَ ؟

٥ - بَعْدَ كَمْ سَنَةً سَتَتَزَوَّجِينَ ؟ يَا فَرِيدَةُ .

سَأَتَزَوَّجُ بَعْدَ سَنَتَيْنِ إِنْ شَاءَ اللَّهُ .

٦ - أَيْنَ سَتُقِيمِينَ حَفْلَةَ الزَّوَاجِ ؟

لَا أَعْرِفُ ، وَلَكِنْ يَجِبُ أَنْ أُقِيمَهَا فِي مَطْعَمٍ فَاخِرٍ .

問題與回答

1. 你結婚了嗎？

   是的，我結婚了。

2. 妳結婚了嗎？

   我還沒結婚，我還是單身。

3. 你們結婚了嗎？

   是的，我們結婚了，感謝真主。

4. 哈珊，你什麼時候結婚的？

   我去年結婚的，你還參加了我的婚禮，你忘了嗎？

5. 法立達，妳幾年後才要結婚？

   我想兩年後才結婚。

6. 妳要在哪裡舉行婚禮？

   我還不知道，但是應該在豪華的飯店舉行。

٧ - أَيْنَ أَقَمْتَ حَفْلَةَ زَوَاجِكَ ؟

أَقَمْتُ الْحَفْلَةَ فِي أَحَدِ الْمَطَاعِمِ الْكَبِيرَةِ فِي بَلَدِي .

٨ - فِي أَيَّةِ سَنَةٍ تَزَوَّجْتُمَا ؟

تَزَوَّجْنَا فِي عَامِ أَلْفٍ وَتِسْعِمِائَةٍ وَخَمْسَةٍ وَثَمَانِينَ .

٩ - مَنْ كَانَ يَحْضُرُ حَفْلَةَ زَوَاجِكُمَا ؟

كَانَ أَصْدِقَائِي وَأَقْرِبَائِي كُلُّهُمْ يَحْضُرُونَ الْحَفْلَةَ .

١٠ - كَمْ كَانَ عُمْرُكَ عِنْدَمَا تَزَوَّجْتَ ؟

كَانَ عُمْرِي ثَلاَثِينَ سَنَةً تَمَامًا .

١١ - هَلْ عِنْدَكَ أَوْلاَدٌ الآنَ ؟

نَعَمْ ، عِنْدِي الآنَ وَلَدٌ ، وَعُمْرُهُ سَنَتَانِ .

١٢ - أَ لَيْسَتْ عِنْدَكَ بِنْتٌ ؟

نَعَمْ ، لَيْسَتْ عِنْدِي بِنْتٌ .

١٣ - كَمْ وَلَداً أَوْ بِنْتًا تُرِيدُ بَعْدَ الزَّوَاجِ ؟

أُفَضِّلُ أَنْ يَكُونَ عِنْدِي وَلَدَانِ وَبِنْتَانِ .

7. 妳的婚禮是在哪裡舉行的?

在我家鄉的一個大飯店舉行的。

8. 你們兩人是在幾年結婚的?

我們是在1985年結婚的。

9. 誰參加了你們的婚禮?

我的朋友與親戚都參加了婚禮。

10. 你結婚的時候是幾歲?

那時我是剛好三十歲。

11. 現在你有孩子嗎?

我現在有一個男孩,兩歲。

12. 你還沒有女兒嗎?

不錯,我還沒有女兒。

13. 結婚後你要幾個男孩幾個女孩?

我比較喜歡有兩個男孩兩個女孩。

١٤ - سَمِعْتُ أَنَّكِ سَتَتَزَوَّجِينَ فِي الْعَامِ الْمُقْبِلِ ، أَ هَذَا صَحِيحٌ ؟

صَحِيحٌ ، أَنَا سَأَتَزَوَّجُ فِي الْعَامِ الْمُقْبِلِ ، وَأُرِيدُكِ حُضُورَ حَفْلَةِ زَوَاجِي

١٥ - هَلْ سَتُقَامُ الْحَفْلَةُ فِي تَايْبَيْهَ ؟

نَعَمْ ، سَتُقَامُ الْحَفْلَةُ فِي تَايْبَيْهَ وكَذَلِكَ فِي كَاوْشِيُونْغَ .

١٦ - كَمْ صَدِيقًا سَيَحْضُرُ الْحَفْلَةَ ؟

أَعْتَقِدَ سَيَحْضُرُ الْحَفْلَةَ أَصْدِقَاءُ كَثِيرُونَ .

١٧- هَلْ تَزَوَّجْتِ قَبْلَ دُخُولِ هَذِهِ الشَّرِكَةِ ؟

لاَ ، تَزَوَّجْتُ بَعْدَ دُخُولِ الشَّرِكَةِ .

١٨ -كَيْفَ تَعَرَّفْتِ عَلَى زَوْجِكِ قَبْلَ الزَّوَاجِ ؟

زَوْجِي كَانَ زَمِيلِي فِي الْجَامِعَةِ .

١٩ -هَلْ كُنْتِ تَعْتَقِدِينَ بِأَنَّكِ سَتُزَوِّجِينَهُ بَعْدَ التَّخَرُّجِ مِنَ الْجَامِعَةِ ؟

كُنَّا صَدِيقَيْنِ ، لَمْ نُفَكِّرْ كَثِيراً .

٢٠ -كَيْفَ وَجَدْتِهِ بَعْدَ الزَّوَاجِ ؟

مَا زِلْنَا صَدِيقَيْنِ .

14. 聽說妳將在明年結婚,真的嗎?

    對的,我將在明年結婚,還要請妳喝喜酒。

15. 婚禮在台北舉行嗎?

    是的,將在台北與高雄舉行。

16. 有多少朋友會參加婚禮?

    我想很多朋友都會來。

17. 妳進入公司以前就結婚了嗎?

    不是,我是在進入公司之後才結婚的。

18. 結婚之前,妳是怎麼認識妳先生的?

    我先生是我大學同學。

19. 妳當時就認為大學畢業後會跟他結婚嗎?

    當時我們是朋友,沒想那麼多。

20. 婚後妳覺得他怎麼樣?

    我們仍然是朋友。

المحادثة

١ - هَلْ أَنْتَ مُتَزَوِّجٌ ؟

لاَ ، أَنَا أَعْزَبُ ، لَمْ أَتزَوَّجْ بَعْدُ .

لِمَاذَا لاَ تَتَزَوَّجُ ؟ وَسِنُّكَ لَيْسَتْ صَغِيرَةً الآنَ .

لَمْ أَجِدْ فَتَاةً مُنَاسِبَةً لِلزَّوَاجِ حَتى الْيَوْمِ .

مَاذَا تَعْمَلُ ؟

سَأَبْحَثُ عَنْ فَتَاةٍ مُنَاسِبَةٍ بِاسْتِمْرَارٍ .

أَتَمَنَّى لَكَ حَظًّا سَعِيداً ، وَتَتَزَوَّجُ فِي وَقْتٍ قَرِيبٍ .

٢ - مَتَى تَزَوَّجْتَ ؟ يَا حَسَنُ .

تَزَوَّجْتُ قَبْلَ سَنَتَيْنِ ، بَعْدَمَا تَخَرَّجْتُ مِنَ الْجَامِعَةِ مُبَاشَرَةً .

لِمَاذَا لَمْ تَدْعُنِي لِحَضُورِ حَفْلَةِ زَوَاجِكَ ؟

لَمْ أَكُنْ أَعْرِفُ أَيْنَ كُنْتَ ، وَمَا عِنْدِي عُنْوَانُكَ وَرَقَمُ تَلِيفُونِكَ .

أَيْنَ أَقَمْتَ حَفْلَةَ الزَّوَاجِ ؟

أَقَمْتُ الْحَفْلَةَ فِي أَحَدِ الْمَطَاعِمِ الْكَبِيرَةِ فِي بَلَدِي .

هَلْ كَانَ كَثِيرٌ مِنَ أَصْدِقَائِنَا وَزُمَلاَئِنَا يَحْضُرُونَ الْحَفْلَةَ ؟

نَعَمْ ، حَضَرَ جَمِيعُ الأَصْدِقَاءِ وَالزُّمَلاَءِ .

第二十二課

會話

1. 你結婚了嗎？

    我單身，還沒結婚。

    為什麼還不結婚，你年紀也不小了？

    我到今天還沒有找到適當的女孩。

    你怎麼辦？

    我將繼續找適當的女孩。

    我祝你好運，並盡快結婚。

2. 哈珊，你什麼時候結婚的？

    我兩年前，大學畢業後就馬上結婚了。

    你為什麼沒有請我喝喜酒？

    我不知道那時你在哪裡，我沒有你的地址與電話。

    你的婚禮是在哪裡舉行的？

    是在我家鄉的一個大飯店舉行的。

    很多的朋友與同學都參加婚禮了嗎？

    是呀，所有的朋友與同學都參加了。

٣ – فِي أَيَّةِ سَنَةٍ تَزَوَّجْتِ ؟ يَا زَيْنَبُ .

تَزَوَّجْتُ فِي عَامِ أَلْفٍ وَتِسْعِمِائَةٍ وَخَمْسَةٍ وَثَمَانِينَ .

وَكَمْ كَانَ عُمْرُكِ ؟

كَانَ عُمْرِي سِتًّا وَعِشْرِينَ سَنَةً .

أَيْنَ يَعْمَلُ زَوْجُكِ الآنَ ؟

هُوَ يَشْتَغِلُ فِي إِحْدَى الشَّرِكَاتِ التِّجَارِيَّةِ فِي تَايْبَيْه .

كَمْ وَلَداً عِنْدَكِ الآنَ ؟

عِنْدِي الآنَ بِنْتٌ وَاحِدَةٌ فَقَطْ .

٤ – أُرِيدُ أَنْ أُخْبِرَكَ شَيْئًا مُهِمًّا يَا خَالِدُ .

مَا هُوَ ؟ يَا صَدِيقِي .

أَنَا سَأَتَزَوَّجُ فِي الشَّهْرِ الْقَادِمِ إِنْ شَاءَ اللَّهُ .

مَبْرُوكٌ ، يَا حَسَنُ .

مَنْ هِيَ سَتَكُونُ عَرُوسَكَ ؟

زَمِيلَتُنَا زَيْنَبُ ، أَ نَسِيتَهَا ؟

لاَ ، هِيَ فَتَاةٌ جَيِّدَةٌ وَجَمِيلَةٌ .

أَيْنَ سَتَكُونُ حَفْلَةُ الزَّوَاجِ ؟

سَتُقَامُ الْحَفْلَةُ الْفَاخِرَةُ فِي مَطْعَمِ تَايْبَيْه الْكَبِيرِ .

3. 翟娜，妳是在哪一年結婚的？

   我在1985年結婚的。

   那時妳幾歲？

   那時我26歲。

   妳的先生現在在哪裡高就？

   他在台北的一家貿易公司上班。

   現在妳有幾個小孩了？

   我只有一個女兒。

4. 哈立德，我要告訴你一件大事。

   什麼大事？朋友。

   我下個月就要結婚了。

   哈珊，恭喜你啦。

   誰是你的新娘？

   我們的同學，翟娜，你忘了嗎？

   沒忘，她是一個又好又漂亮的女孩。

   婚禮在哪裡舉行？

   豪華的婚禮將在台北大飯店舉行。

للقراءة والفهم

تَزوَّجَ أَبِي بِأُمِّي فِي عَامِ أَلْفٍ وَتِسْعِمِائَةٍ وَسِتَةٍ وَأَرْبَعِينَ . فِي الأُسْبُوعِ الْمَاضِي ، كَانَ أَخِي الْكَبِيرُ وَأَخِي الصَّغِيرُ وَأُخْتِي الْكَبِيرَةُ وَأُخْتِي الصَّغِيرَةُ وَأَنَا أَقُمْنَا حَفْلَةً كَبِيرَةً لأَبِي وَأُمِّي احْتِفَالاً بِمُرُورِ خَمْسِينَ سَنَةً عَلى زَوَاجِهِمَا فِي أَحَدِ الْمَطَاعِمِ الْفَاخِرَةِ بِتَايْبِيْه . وَحَضَرَ كَثِيرٌ مِنْ أَقْرِبَائِنَا وَأَصْدِقَاءِ وَالِدَيْنَا هَذِهِ الْحَفْلَةَ ، كَذَلِكَ حَضَرَهَا زُمَلاءُ أَبِي وَأُمِّي فِي الْجَامِعَةِ

فِي الْحَفْلَةِ سَأَلَ أَبِي أَحَدُ زُمَلائِهِ : هَلْ تَتَذَكَّرُ فِي أَيِّ يَوْمٍ تَزَوَّجْتَ ؟ قَالَ أَبِي : لاَ يُمْكِنُ أَنْ أَنْسَى هَذَا الْيَوْمَ . قَالَ صَدِيقُهُ : كَيْفَ لاَ تَنْسَى ذَلِكَ الْيَوْمَ ؟ هَلْ هُوَ يَوْمٌ مُهِمٌّ فِي حَيَاتِكَ ؟ قَالَ أَبِي : كَيْفَ أَنْسَاهُ ؟ لأَنَّ زَوْجَتِي لاَ تَنْسَى أَنْ تَطْلُبَ مِنِّي كَثِيراً مِنَ الْهَدَايَا فِي مِثْلِ هَذَا الْيَوْمِ كُلَّ سَنَةٍ ؟ سَأَلَ صَدِيقُ أَبِي : مَاذَا اشْتَرَيْتَ لِزَوْجَتِكَ فِي الْعَامِ الْمَاضِي ؟ قَالَ أَبِي : إِشْتَرَيْتُ لَهَا حَقِيبَةً جَمِيلَةً فِي السَّنَةِ الْمَاضِيَةِ . وَمَاذَا سَتَشْتَرِي لَهَا هَذَا الْعَامَ ؟ أَعْتَقِدُ أَنَّهَا سَتَنْسَى الْهَدِيَّةَ هَذَا الْعَامَ ؟ كَيْفَ لَمْ تَنْسَهَا فِي السَّنَوَاتِ الْمَاضِيَةِ وَهِيَ سَتَنْسَاهَا هَذَا الْعَامَ ؟ قَالَ أَبِي : لأَنَّ عُمْرَهَا أَصْبَحَ كَبِيراً ، وَتَنْسَى كُلَّ شَيْءٍ تَقْرِيبًا ، وَالْيَوْمَ إِنَّهَا لاَ تَعْرِفُ لِمَاذَا أُقِيمَتْ هَذِهِ الْحَفْلَةُ ؟ وَلاَ تَعْرِفُ لِمَاذَا حَضَرَتْ هِيَ . سَأَلَ صَدِيقُ أَبِي : هَلْ هِيَ تَعْرِفُنِي الآنَ ؟ قَالَ أَبِي : لاَ أَعْرِفُ ، رُبَّمَا نَسِيَتْكَ أَيْضًا . سَأَلَ أَيْضًا : هَلْ أَنْتَ

نَسِيتَنِي أَيْضًا ؟ قَالَ أَبِي : أَنْتَ أَبُو زَوْجَةِ ابْنِي ، أَ لَيْسَ كَذَلِكَ ؟

單字解釋 المفردات

مُتَزَوِّجٌ ج مُتَزَوِّجُونَ	已婚者	أَعْزَبُ م عُزْبَاءُ ج عُزْبٌ	單身
لَمْ ... بَعْدُ	尚未	تَزَوَّجَ - يَتَزَوَّجُ - تَزَوُّجٌ	結婚
إِنْ شَاءَ اللَّهُ	但願	أَلْعَامَ الْمُقْبِلَ	明年
أَقَامَ - يُقِيمُ - إِقَامَةٌ	舉行	حَفْلَةٌ ج حَفَلَاتٌ	慶祝會，典禮，宴會
زَوَاجٌ	結婚	فَاخِرٌ	豪華的
مُنْذُ	自從	وَلَدٌ ج أَوْلَادٌ	男孩
بِنْتٌ ج بَنَاتٌ	女孩	عِنْدَمَا	當……時
مُنَاسِبَةٌ	適當的	بِاسْتِمْرَارٍ	繼續地
مَبْرُوكٌ	恭喜	زَوْجٌ ج أَزْوَاجٌ	先生，一雙
زَوْجَةٌ ج زَوْجَاتٌ	太太，妻子	احْتَفَلَ - يَحْتَفِلُ - احْتِفَالًا	慶祝
وَالِدَانِ	雙親	هَدِيَّةٌ ج هَدَايَا	禮物

الدرس الثالث والعشرون كَيْفَ الْجَوُّ الْيَوْمَ ؟

١ - كَيْفَ الْجَوُّ الْيَوْمَ ؟

٢ - أَلْجَوُّ جَمِيلٌ جِداً أَلْيَوْمَ .

٣ - كَيْفَ كَانَ الطَّقْسُ يَوْمَ أَمْسِ ؟

٤ - أَمْسِ كَانَ الطَّقْسُ مُمْطِراً .

٥ - كَيْفَ سَيَكُونُ الطَّقْسُ غَداً ؟

٦ - مِنَ الْمُحْتَمَلِ أَنْ يَكُونَ الطَّقْسُ غَائِمًا غَداً .

٧ - كَيْفَ الْمَنَاخُ فِي تَايْوَانَ ؟

٨ - أَلْمَنَاخُ فِي تَايْوَانَ حَارٌّ فِي الصَّيْفِ وَبَارِدٌ فِي الشِّتَاءِ .

٩ - كَيْفَ الْجَوُّ فِي فَصْلَيْ الرَّبِيعِ وَالْخَرِيفِ ؟

١٠ - أَلْجَوُّ مُعْتَدِلٌ فِي فَصْلَيْ الرَّبِيعِ وَالْخَرِيفِ عَادَةً .

١١ - مَا هِيَ دَرَجَةُ الْحَرَارَةِ الْيَوْمَ ؟

١٢ - دَرَجَةُ الْحَرَارَةِ الْيَوْمَ هِي وَاحِدَةٌ وَعِشْرُونَ دَرَجَةً مِائَوِيَّةً تَقْرِيبًا .

١٣ - هَلِ الْجَوُّ يَتَقَلَّبُ كَثِيراً فِي تَايْوَانَ ؟

١٤ - نَعَمْ ، يَتَقَلَّبُ كَثِيراً وَدَائِمًا .

١٥ - يُمْكِنُ أَنْ يَكُونَ أَلْجَوُّ مُشْمِسًا فِي الصَّبَاحِ وَمُمْطِراً فِي الْمَسَاءِ .

第二十三課　今天天氣怎麼樣？

1. 今天天氣怎麼樣？

2. 今天天氣很好。

3. 昨天天氣怎麼樣？

4. 昨天下雨。

5. 明天天氣怎麼樣？

6. 明天天氣預報是陰天。

7. 台灣氣候怎麼樣？

8. 台灣的氣候是夏天熱，冬天冷。

9. 春秋兩季的氣候呢？

10. 春秋兩季的氣候通常是涼爽的。

11. 今天的氣溫是幾度？

12. 今天的氣溫大概是攝氏21度。

13. 台灣的氣候變化很大嗎？

14. 是的，台灣的氣候常常變化很大。

15. 天氣可能早上出太陽，下午就下雨了。

句型練習 — تدريب البديل

١ - كَيْفَ الْجَوُّ فِي تَايْوَانَ ؟
- شَمَالِ تَايْوَانَ
- جَنُوبِ تَايْوَانَ
- الرَّبِيعِ وَالْخَرِيفِ
- الصَّيْفِ وَالشِّتَاءِ
- الشَّرْقِ الأَوْسَطِ

٢ - أَلْجَوُّ الْيَوْمَ جَمِيلٌ جِدًّا .
- لَطِيفٌ جِدًّا
- جَيِّدٌ جِدًّا
- طَيِّبٌ جِدًّا
- حَارٌّ جِدًّا
- بَارِدٌ جِدًّا
- غَائِمٌ
- مُمْطِرٌ
- مُشْمِسٌ

٣ - كَيْفَ كَانَ الطَّقْسُ

يَوْمَ أَمْسِ
صَبَاحَ أَمْسِ
مَسَاءَ أَمْسِ
الْعَامَ الْمَاضِي
الْعَامِ قَبْلَ الْمَاضِي
فِي الصَّيْفِ الْمَاضِي
يَوْمَ السَّبْتِ الْمَاضِي

؟

٤ - كَيْفَ سَيَكُونُ الطَّقْسُ

غَداً
صَبَاحَ غَدٍ
مَسَاءَ غَدٍ
الْعَامَ الْمُقْبِلَ
الْعَامَ بَعْدَ الْقَادِمِ
فِي الشِّتَاءِ الْقَادِمِ
نِهَايَةَ الأُسْبُوعِ الْقَادِمَةَ
فِي شَهْرِ أُكْتُوبِرَ الْقَادِمِ

؟

٥ - مِنَ الْمُحْتَمَلِ أَنْ

يَكُونَ الْجَوُّ غَائِماً غَداً
يَكُونَ الطَقْسُ حَاراً فِي هَذَا الصَّيْفِ
يَكُونَ الْمَنَاخُ بَارِداً فِي هَذَا الشِّتَاءِ
تَكُونَ الْمَدْرَسَةُ مُغْلَقَةً فِي الصَّيْفِ
يَتَقَلَّبَ الْجَوُّ فِي هَذِهِ الأَيَّامِ
يَحْضُرَ الْمُعَلِّمُ بَعْدَ قَلِيلٍ
يَكُونَ الْجَوُّ أَحَرَّ هَذَا الْعَامَ
يَكُونَ الطَّقْسُ أَبْرَدَ هَذه السَّنَةَ .

.

٦ - دَرَجَةُ الْحَرَارَةِ الْيَوْمَ هِيَ

وَاحِدَةٌ وَعِشْرُونَ دَرَجَةً مِائَوِيَّةً
اثْنَتَانِ وَعِشْرُونَ دَرَجَةً مِائَوِيَّةً
ثَلاَثُونَ دَرَجَةً مِائَوِيَّةً
ثَلاَثَ عَشْرَةَ دَرَجَةً مِائَوِيَّةً
عَشَرُ دَرَجَاتٍ مِائَوِيَّةٍ تَحْتَ صِفْرٍ
وَاحِدَةٌ تَحْتَ صِفْرٍ
دَرَجَتَانِ فَوْقَ صِفْرٍ
بَيْنَ خَمْسٍ وَعَشَرِ دَرَجَاتٍ مِائَوِيَّةٍ

.

筆記頁：

المحادثة

١ - كَيْفَ الْجَوُّ فِي تَايْبَيْه الْيَوْمَ ؟

أَلْجَوُّ فِي تَايْبَيْه جَمِيلٌ أَلْيَوْمَ ، وكَيْفَ الْجَوُّ فِي كَاوشيُونْغ ؟

أَلْجَوُّ هُنَا الْيَوْمَ مُشْمِسٌ .

كَيْفَ كَانَ الْجَوُّ فِي الْجَنُوبِ يَوْمَ أَمْسِ ؟

كَانَ الْجَوُّ مُمْطِراً هُنَا أَمْسِ .

هَلْ كَانَ الْمَطَرُ شَدِيداً ؟

نَعَمْ ، كَانَ الْمَطَرُ شَدِيداً جِداً .

٢ - أَلْجَوُّ غَائِمٌ أَلْيَوْمَ ، مِنَ الْمُحْتَمَلِ أَنْ يَكُونَ مُمْطِراً بَعْدَ الظُّهْرِ .

صَحِيحٌ ، وَمِنَ الْمُحْتَمَلِ أَنْ يَكُونَ الْمَطَرُ شَدِيداً .

هَلْ هُنَاكَ أَمْطَارٌ كَثِيرَةٌ فِي هَذَا الْفَصْلِ عَادَةً ؟

لاَ ، أَلأَمْطَارُ كَثِيرَةٌ عَادَةً فِي فَصْلِ الصَّيْفِ .

هَلْ يَكُونُ الطَّقْسُ بَارِداً فِي هَذَا الشِّتَاءِ ؟

نَعَمْ ، مِنَ الْمُحْتَمَلِ أَنْ يَكُونَ الطَّقْسُ بَارِداً فِي هَذَا الشِّتَاءِ .

كَيْفَ تَعْرِفُ ذَلِكَ ؟

لأَنَّ الأَمْطَارَ كَثِيرَةٌ قَبْلَ أَنْ يَأْتِيَ الشِّتَاءُ .

會話

1. 今天台北的天氣怎麼樣?

   今天台北的天氣很好,高雄的呢?

   今天這邊出大太陽。

   昨天南部天氣怎麼樣?

   昨天這邊下雨。

   雨勢很大嗎?

   是的,雨下得非常大。

2. 今天是陰天,下午可能會下雨。

   是呀,雨勢可能會很大。

   在這個季節通常雨水很多嗎?

   不多,通常在夏季雨水才會很多。

   今年冬天天氣會很冷嗎?

   是的,今年冬天天氣可能會很冷。

   你怎麼會知道?

   因為冬天還沒到雨水就這麼多。

٣ - كَيْفَ الْمَنَاخُ فِي بِلاَدِكَ ؟

أَلْمَنَاخُ فِي بِلاَدِي يَكُونُ حَاراً فِي الصَّيْفِ وَبَارِداً فِي الشِّتَاءِ .

كَيْفَ الْمَنَاخُ فِي الرَّبِيعِ ؟

أَلْمَنَاخُ فِي الرَّبِيعِ جَمِيلٌ جِداً ، وَنَجِدُ زُهُوراً عَلَى الْجِبَالِ .

وكَيْفَ الْخَرِيفُ ؟

أَلْخَرِيفُ مِثْلُ الرَّبِيعِ ، أَلْجَوُّ جَمِيلٌ .

هَلْ دَرجَةُ الْحَرَارَةِ عَالِيَةٌ فِي الصَّيْفِ ؟

نَعَمْ ، تَصِلُ الدَّرَجَةُ إِلَى خَمْسٍ وَثَلاَثِينَ دَرَجَةً مِائَوِيَّةً أَحْيَانًا .

٤ - يَقُولُ بَعْضُ النَّاسِ إِنَّ الْجَوَّ فِي تَايْوَانَ يَتَقَلَّبُ كَثِيراً.

صَحِيحٌ ، يُمْكِنُ أَنْ يَكُونَ الْجَوُّ مُشْمِسًا فِي الصَّبَاحِ ،

وَيَكُونَ مُمْطِراً بَعْدَ الظُّهْرِ لِمُدَّةِ سَاعَةٍ أَوْ سَاعَتَيْنِ ، وَبَعْدَ ذَلِكَ

يُصْبِحُ الْجَوُّ مُشْمِسًا مِثْلَ الصَّبَاحِ ،

هَلْ يَجِبُ أَنْ نَأْخُذَ مَعَنَا شَمْسِيَّةً وَلَوَ كَانَتْ هُنَاكَ شَمْسٌ ؟

نَعَمْ ، مِنَ الأَفْضَلِ أَنْ نَأْخُذَ مَعَنَا شَمْسِيَّةً كُلَّ يَوْمٍ فِي حَقِيبَتِنَا .

هَلْ تَنْزِلُ أَمْطَارٌ دَائِمًا حَتَّى فِي الصَّيْفِ ؟

نَعَمْ ، أَلأَمْطَارُ تَنْزِلُ فِي كُلِّ فَصْلٍ مِنَ فُصُولِ السَّنَةِ .

3. 你的國家天氣怎麼樣?

   在我的國家,夏天熱,冬天冷。

   春天天氣怎麼樣?

   春天天氣很好,山上開滿了花。

   秋天呢?

   秋天跟春天一樣,天氣很好。

   夏天氣溫很高嗎?

   氣溫有時候會到攝氏35度。

4. 有人說台灣的天氣變化很大。

   沒錯,早上可能天氣很好,

   下午就下個一兩小時的雨,

   然後天氣又像早上一樣出大太陽。

   就算出大太陽我們也應該帶著雨傘囉?

   是的,最好我們每天都把雨傘放在包包裡。

   夏天也常下雨嗎?

   是呀,一年四季都下雨。

短文 للقراءة والفهم

كَثيرٌ مِنَ النّاسِ فِي الشَّرْقِ الأَوْسَطِ يُحِبُّونَ الْمَطَرَ كَثيراً ، إلاَّ أَنَّ الْمَطَرَ لاَ يَنْزِلُ إلاَّ فِي فَصْلِ الشِّتَاءِ فَقَطْ ، إذَا نَزَلَ الْمَطَرُ خَرَجَ الأَوْلاَدُ مِنَ الْبَيْتِ لِتَرْحِيبِهِ وَيَرْقُصُونَ مَعَهُ . وَلَكِنَّ الْمَطَرَ هُنَاكَ لاَ يَسْتَمِرُّ إلاَّ لِوَقْتٍ قَصيرٍ ، فِي الشِّتَاءِ يُمْكِنُ أَنْ يَنْزِلَ الْمَطَرُ لِمُدَةِ أُسْبوعٍ أَوْ عَشْرَةِ أَيَّامٍ ، أَمَّا فِي فَصْلِ الصَّيْفِ فَلاَ يَكُونُ هُنَاكَ نُقْطَةٌ مِنَ الْمَطَرِ تَقْرِيبًا . وَفِي أَكْثَرِ أَيَّامِ السَّنَةِ ، أَلْجَوُّ يَكُونُ جَميلاً وَمُشْمِسًا ، وَيُمْكِنُنَا أَنْ نُشَاهِدَ شَمْسًا كُلَّ يَوْمٍ تَقْرِيبًا ، وَالنَّاسُ هُنَاكَ قَدْ تَعَوَّدُوا عَلَى هَذَا الطَّقْسِ ، بِالرَّغْمِ مِنْ أَنَّ الْجَوَّ يَكُونُ حَاراً وَتَكُونُ دَرَجَةُ الْحَرَارَةِ عَالِيَةً . فِي فَصْلِ الصَّيْفِ تَصِلُ دَرَجَةُ الْحَرَارَةِ عَادَةً إلَى أَكْثَرَ مِنْ أَرْبَعينَ دَرَجَةً مِائَوِيَّةً فِي بَعْضِ الدُّوَلِ الْعَرَبِيَّةِ فِي الشَّرْقِ الأَوْسَطِ مِثْلِ السَّعُودِيَّةِ وَالْكَوِيتِ وَالْيَمَنِ وَمِصْرَ وَالسُّودَانِ .

كَثيرٌ مِنَ النَّاسِ يَعْتَقِدُونَ أَنَّ الْمَنَاخَ فِي الشَّرْقِ الأَوْسَطِ حَارٌ جِداً طُولَ السَّنَةِ ، وَلَكِنْ فِي الْوَاقِعِ لَيْسَتْ كُلُّ الْبُلْدَانِ فِي الشَّرْقِ الأَوْسَطِ يَكُونُ مَنَاخُهَا حَاراً طُولَ السَّنَةِ ، هُنَاكَ بَعْضُ الدُّوَلِ يَكُونُ مَنَاخُهَا بَارِداً جِداً فِي الشِّتَاءِ ، وَتَبْلُغُ دَرَجَةُ الْحَرَارَةِ فِي هَذَا الْفَصْلِ أَكْثَرَ مِنْ عَشَرِ دَرَجَاتٍ مِائَوِيَّةٍ تَحْتَ صِفْرٍ أَحْيَانًا ، وَيَسْقُطُ الثَّلْجُ أَيْضًا ، وَذَلِكَ مِثْلُ الأَرْدُنِّ وَلُبْنَان

وَسُورِيَا وَالْعِرَاقِ .

單字解釋   المفردات

天氣	طَقْسٌ	天氣	جَوٌّ
預料	مِنَ الْمُحْتَمَلِ	下雨	مُمْطِرٌ
氣候	مَنَاخٌ	陰天	غَائِمٌ
寒冷的, 冷的	بَارِدٌ	炎熱的, 熱的, 辣的	حَارٌّ
溫度	دَرَجَةُ الْحَرَارَةِ	涼爽的, 中庸的	مُعْتَدِلٌ
轉變, 改變	تَقَلَّبَ - يَتَقَلَّبُ - تَقَلُّبٌ	攝氏	دَرَجَةٌ مِائَوِيَّةٌ
太陽	شَمْسٌ	陽光普照	مُشْمِسٌ
雨, 雨水	مَطَرٌ ج أَمْطَارٌ	陽傘	شَمْسِيَّةٌ
山	جَبَلٌ ج جِبَالٌ	花	زَهْرٌ ج زُهُورٌ
儘管	بِالرَّغْمِ مِنْ	習慣於	تَعَوَّدَ - يَتَعَوَّدُ - تَعَوُّدٌ

الدرس الرابع والعشرون كَيْفَ تَشْعُرُ الْيَوْمَ ؟

١ - كَيْفَ تَشْعُرُ الْيَوْمَ ؟

٢ - أَشْعُرُ بِالْوَعْكَةِ الْيَوْمَ .

٣ - هَلْ أَنْتَ مَرِيضٌ أَلْيَوْمَ ؟

٤ - نَعَمْ ، أَعْتَقِدُ أَنَّنِي أُصِبْتُ بِالزُّكَامِ وَعِنْدِي سُعَالٌ وَحَرَارَتِي مُرْتَفِعَةٌ

٥ - هَلْ تَشْعُرُ بِالأَلَمِ فِي الرَّأْسِ ؟

٦ - نَعَمْ ، عِنْدِي صُدَاعٌ وَدَوْخَةٌ .

٧ - مِمَّا تَشْكُو ؟

٨ - يُؤْلِمُنِي بَطْنِي ، وَلاَ أَعْرِفُ السَّبَبَ .

٩ - هَلْ رَاجَعْتَ الطَّبِيبَ ؟

١٠ - نَعَمْ ، رَاجَعْتُ الطَّبِيبَ وَأَخَذْتُ الدَّوَاءَ مِنَ الصَّيْدَلِيَّةِ .

١١ - هَلْ أَعْطَاكَ الطَّبِيبُ حُقْنَةً ؟

١٢ - لاَ ، يَبْدُو أَنَّ مَرَضِي لاَ يَحْتَاجُ إِلَى ذَلِكَ .

١٣ - كَيْفَ شَهِيَّتُكَ الآنَ ؟

١٤ - شَهِيَّتِي مَفْقُودَةٌ ، لاَ أَشْتَهِي أَيَّ طَعَامٍ .

第二十四課　你今天覺得怎麼樣？

1. 你今天覺得怎麼樣？

2. 我今天覺得有點不舒服。

3. 你今天生病了嗎？

4. 是的，我相信我感冒了，我咳嗽又發燒。

5. 你覺得頭會痛嗎？

6. 會，我頭又痛又暈。

7. 你覺得哪裡不舒服？

8. 我的肚子很痛，不知道是什麼原因？

9. 你看過醫生了嗎？

10. 有呀，我看過醫生了，我也從藥局拿了藥。

11. 醫生有沒有給你打針？

12. 沒有，好像我的病不需要打針。

13. 你現在的胃口怎麼樣？

14. 沒有胃口，什麼東西都不想吃。

句型練習

تدريب للبديل

١ - أَشْعُرُ | بِالْوَعْكَةِ | الْيَوْمَ ؟
	بِالأَلَمِ
	بِالدَّوْخَةِ
	بِالصُّدَاعِ

٢ - هَلْ | أَنْتَ مَرِيضٌ | أَلْيَوْمَ ؟
	أَنْتِ مَرِيضَةٌ
	أَنْتُمْ مَرْضَى
	أَنْتُنَّ مَرِيضَاتٌ

٣ - أَعْتَقِدُ أَنَّنِي أُصِبْتُ | بِالزُّكَامِ .
| | بِالسُّعَالِ
| | بِالْوَعْكَةِ
| | بِالدَّوْخَةِ
| | بِالصُّدَاعِ

٤ - مِمَّا ... ؟

تَشْكُو (أَنْتَ ، هِيَ)

تَشْكُوَانِ (أَنْتُمَا ، هُمَا)

تَشْكُونَ (أَنْتُمْ ، أَنْتُنَّ)

تَشْكِينَ (أَنْتِ)

يَشْكُو (هُوَ)

يَشْكُوَانِ (هُمَا)

يَشْكُونَ (هُمْ ، هُنَّ)

٥ - يُؤْلِمُنِي ... .

يُؤْلِمُنِي بَطْنِي

رَأْسِي

تُؤْلِمُنِي مِعْدَتِي （胃）

أَسْنَانِي （牙齒）

عَيْنِي （眼睛）

رِجْلِي （腳）

يَدِي （手）

أُذْنِي （耳朵）

الأسئلة والأجوبة

١ - كَيْفَ تَشْعُرُ الْيَوْمَ ؟

أَشْعُرُ بِصِحَّةٍ جَيِّدَةٍ أَلْيَوْمَ .

٢ - هَلْ تَشْعُرُ بِالْوَعْكَةِ الْيَوْمَ ؟ يَا خَالِدُ .

لاَ ، لاَ أَشْعُرُ بِالْوَعْكَةِ الْيَوْمَ ، أَنَا بِصِحَّةٍ جَيِّدَةٍ .

٣ - هَلْ أَنْتِ مَرِيضَةٌ أَلْيَوْمَ ؟ يَا زَيْنَبُ .

نَعَمْ ، أُصِبْتُ بِالزُّكَامِ .

٤ - هَلْ حَرَارَتُكِ مُرْتَفِعَةٌ ؟

نَعَمْ ، حَرَارَتِي مُرْتَفِعَةٌ .

٥ - هَلْ عِنْدَكِ سُعَالٌ أَلْيَوْمَ ؟

لا ، مَا عِنْدِي سُعَالٌ ، وَلَكِنْ عِنْدِي دَوْخَةٌ .

٦ - هَلْ تَشْعُرُ بِالألَمِ فِي الرَّأْسِ ؟

نَعَمْ ، أَشْعُرُ بِالألَمِ فِي الرَّأْسِ .

問題與回答

1. 你今天覺得怎麼樣？

   今天我覺得身體很好。

2. 哈立德，你今天覺得不舒服嗎？

   不會，我今天不會覺得不舒服，我今天很好。

3. 翟娜，你今天生病了嗎？

   是的，我感冒了。

4. 有發燒嗎？

   是的，有點發燒。

5. 今天有咳嗽嗎？

   沒有，沒有咳嗽，但是頭有點暈。

6. 你覺得頭會痛嗎？

   是呀，頭有點痛。

٧ - أَيْنَ يُؤْلِمُكَ ؟

مِعْدَتِي تُؤْلِمُنِي كَثِيراً الآنَ .

٨ - هَلْ أَسْنَانُكَ تُؤْلِمُكَ ؟

لاَ ، أَسْنَانِي لاَ تُؤْلِمُنِي وَلَكِنْ عِنْدِي أَلَمٌ فِي رِجْلِي .

٩ - هَلْ تَعْرِفُ سَبَبَ الأَلَمِ فِي رَأْسِكَ ؟

لاَ ، لاَ أَعْرِفُ ، لَمْ يُخْبِرْنِي الطَّبِيبُ بِذَلِكَ .

١٠ - هَلْ تُرَاجِعُ الطَّبِيبَ عِنْدَمَا تَشْعُرُ بِالْوَعْكَةِ ؟

نَعَمْ ، عِنْدَمَا أَشْعُرُ بِالْوَعْكَةِ أُرَاجِعُ الطَّبِيبَ فَوْراً .

١١ - هَلْ يُعْطِيكَ الطَّبِيبُ دَوَاءً بَعْدَ الْفَحْصِ ؟ فَحْصٌ （檢查）

نَعَمْ ، يَكْتُبُ لِي الطَّبِيبُ دَوَاءً بَعْدَ الْفَحْصِ .

١٢ - هَلْ أَعْطَاكَ الطَّبِيبُ حُقْنَةً ؟

لاَ ، لَمْ يُعْطِنِي الطَّبِيبُ حُقْنَةً .

١٣ - مَاذَا قَالَ لَكَ الطَّبِيبُ ؟

قَالَ إِنَّ مَرَضِي لاَ يَحْتَاجُ إِلَى الْحُقْنَةِ .

7. 哪裡會痛?

   我的胃現在很痛。

8. 你的牙齒會痛嗎?

   不會,我的牙齒不會痛,但是我的腳有點痛。

9. 你知道頭痛的原因嗎?

   不知道,醫生沒有告訴我。

10. 你不舒服的時候有沒有去看醫生?

    有呀,我覺得不舒服的時候立刻就去看醫生。

11. 醫生在檢查後有沒有給你藥?

    有呀,檢查後醫生就開藥給我。

12. 醫生有沒有給你打針?

    沒有,醫生沒有給我打針。

13. 醫生怎麼說?

    他說我的病不需要打針。

١٤ - كَيْفَ شَهِيَّتُكَ ؟

شَهِيَّتِي مَفْقُودَةٌ ، لاَ أَشْتَهِي أَيَّ طَعَامٍ .

١٥ - هَلْ يُمْكِنُ أَنْ نُرَاجِعَ الطَّبِيبَ فِي اللَّيْلِ ؟

نَعَمْ ، يُمْكِنُنَا أَنْ نُرَاجِعَهُ فِي اللَّيْلِ .

١٦ - هَلْ هَذَا الْمَرِيضُ يَحْتَاجُ إِلَى الْحُقْنَةِ ؟

لاَ ، يَبْدُو أَنَّ مَرَضَهُ خَفِيفٌ لاَ يَحْتَاجُ إِلَى الْحُقْنَةِ .

١٧ - سَمِعْتُ أَنَّكَ أُصِبْتَ بِالزُّكَامِ أَمْسِ ، هَلْ هَذَا صَحِيحٌ ؟

صَحِيحٌ ، أُصِبْتُ أَمْسِ بِالزُّكَامِ ، لِذَلِكَ لَمْ أَحْضُرِ الشَّرِكَةِ .

١٨ - كَيْفَ تَشْعُرُ الآنَ ؟

مَا زَالَتْ عِنْدِي دَوْخَةٌ .

١٩ - هَلْ تَخَافِينَ مِنَ الْحُقْنَةِ ؟

طَبْعًا ، أَخَافُ مِنَ الْحُقْنَةِ كَثِيراً .

٢٠ - هَلْ وَصَفَ لَكَ الطَّبِيبُ الدَّوَاءَ ؟

نَعَمْ ، وَأَخَذْتُ الدَّوَاءَ مِنَ الصَّيْدَلِيَّةِ .

14. 你的胃口怎麼樣？

   我沒胃口，什麼都不想吃。

15. 晚上可以去看醫生嗎？

   可以，我們可以晚上去看醫生。

16. 這個病人需要打針嗎？

   不需要，他的病似乎很輕，不需要打針。

17. 聽說你昨天感冒了，真的嗎？

   真的，我昨天感冒了，因此，我沒有到公司來。

18. 現在覺得怎麼樣？

   頭還是有點暈。

19. 妳怕打針嗎？

   當然，我很怕打針。

20. 醫生有沒有給妳開藥？

   有呀，我也到藥局拿過藥了。

المحادثة

١ - هَلْ تَشْعُرُ بِالْوَعَكَةِ الْيَوْمَ ؟
نَعَمْ ، أَعْتَقِدُ أَنَّنِي أُصِبْتُ بِالزُّكَامِ .
هَلْ حَرَارَتُكَ مُرْتَفِعَةٌ ؟
لاَ ، حَرَارَتِي لَيْسَتْ مُرْتَفِعَةً .
هَلْ عِنْدَكَ سُعَالٌ ؟
نَعَمْ ، وَأَخَذْتُ الدَّوَاءَ مِنَ الصَّيْدَلِيَّةِ .
لِمَاذَا لاَ تُرَاجِعُ الطَّبِيبَ ؟
لِأَنَّ الطَّبِيبَ لَيْسَ مَوْجُوداً الْيَوْمَ .

٢ - مِمَّا تَشْكُو ؟
أَشْعُرُ بِالْأَلَمِ فِي رَأْسِي وَلاَ أَعْرِفُ السَّبَبَ .
هَلْ تُرِيدُ أَنْ تُرَاجِعَ الطَّبِيبَ الآنَ ؟
نَعَمْ ، هَلْ تَعْرِفُ طَبِيباً جَيِّداً ؟
نَعَمْ ، صَدِيقِي حَسَنٌ هُوَ طَبِيبٌ مَشْهُورٌ .
أَيْنَ عِيَادَتُهُ ؟
عِيَادَتُهُ قَرِيبَةٌ مِنْ هُنَا .

會話

1. 今天你覺得不舒服嗎？

    是的。我想我是感冒了。

    有發燒嗎？

    沒有，沒有發燒。

    有咳嗽嗎？

    有，我從藥局拿過藥了。

    你為什麼不去看醫生呢？

    因為今天醫生不在。

2. 哪裡不舒服？

    我覺得頭有點痛，不知道是什麼原因。

    你現在要不要去看醫生？

    好呀，你認識好的醫生嗎？

    是的，我的朋友哈珊是位名醫。

    他的診所在哪裡？

    他的診所離這兒很近。

٣ - يَبْدُو أَنَّكَ أُصِبْتَ بِزُكَامٍ شَدِيدٍ .

نَعَمْ ، وَأَشْعُرُ بِالْوَعَكَةِ .

هَلْ رَاجَعْتَ الطَّبِيبَ ؟

لاَ ، لَمْ أُرَاجِعِ الطَّبِيبَ .

مَا هُوَ السَّبَبُ ؟

لأَنَّنِي أَخَافُ مِنَ الْحُقْنَةِ .

يُمْكِنُكَ أَنْ تَأْخُذَ الدَّوَاءَ فَقَطْ .

هَلْ مِنَ الأَحْسَنِ أَنْ آخُذَ الدَّوَاءَ مِنَ الصَّيْدَلِيَّةِ ؟

لاَ ، مِنَ الأَفْضَلِ أَنْ تُرَاجِعَ الطَّبِيبَ .

٤ - مَا بِكَ ؟ يَا حَسَنُ .

أَعْتَقِدُ أَنَّنِي مَرِضْتُ ، لأَنِّي أَشْعُرُ بِالْوَعْكَةِ .

هَلْ تَشْعُرُ بِالأَلَمِ فِي جِسْمِكَ ؟

نَعَمْ ، أَشْعُرُ بِالأَلَمِ فِي رَأْسِي .

هَلْ رَاجَعْتَ الطَّبِيبَ ؟

نَعَمْ ، رَاجَعْتُ الطَّبِيبَ وَقَالَ لِي : إِنَّكَ أُصِبْتَ بِالزُّكَامِ .

هَلْ وَصَفَ لَكَ الدَّوَاءَ ؟

نَعَمْ ، وَصَفَ لِي الدَّوَاءَ وَاشْتَرَيْتُهُ مِنَ الصَّيْدَلِيَّةِ .

3. 你好像得了重感冒。

　　對呀，我不太舒服。

　　你有沒有去看醫生？

　　沒有，我沒有去看醫生。

　　什麼原因？

　　因為我怕打針。

　　你可以只拿藥呀。

　　是不是最好我去藥局拿藥？

　　不是，你最好去看醫生。

4. 哈珊，你怎麼回事？

　　我想我是生病了，因為我覺得不舒服。

　　你的身體覺得會痛嗎？

　　會呀，我覺得頭有點痛。

　　你去看過醫生了嗎？

　　是的，我看過醫生了，他說，你感冒了。

　　他有沒有給你開藥？

　　有呀，他開藥給我，我也從藥局買了藥。

短文 للقراءة والفهم

قُمْتُ صَباحَ الْيَوْمِ مِنَ النَّوْمِ مُبَكِّراً ، وكُنْتُ أَوَدُّ أَنْ أَذْهَبَ إِلَى الْعَمَلِ مُبَكِّراً أَيْضًا ، وَلَكِنْ بَعْدَ أَنْ تَنَاوَلْتُ الْفُطُورَ شَعَرْتُ بِالْوَعْكَةِ ، وَعَرَفْتُ أَنَّنِي مَرِضْتُ ، وَقُلْتُ لِزَوْجَتِي : أَنَا أَشْعُرُ بِالأَلَمِ فِي رَأْسِي وَلاَ أَسْتَطِيعُ أَنْ أَذْهَبَ إِلَى الْعَمَلِ الْيَوْمَ ، وَأُرِيدُ أَنْ أُرَاجِعَ الطَّبِيبَ ، هَلْ يُمْكِنُكِ أَنْ تَتَّصِلِي بِمُدِيرِي فِي الشَّرِكَةِ الَّتِي أَعْمَلُ فِيهَا ؟ وَأُرِيدُكِ أَنْ تُخْبِرِيهِ بِأَنَّنِي مَرِيضٌ الْيَوْمَ وَأُرِيدُ أَنْ آخُذَ إِجَازَةً مَرَضِيَّةً لِمُدَّةِ يَوْمٍ وَاحِدٍ . قَالَتْ زَوْجَتِي : سَأَطْلُبُ الإِجَازَةَ لَكَ مِنْ مُدِيرِ الشَّرِكَةِ ، وَلَكِنْ لاَ أَتَذَكَّرُ رَقَمَ تَلِيفُونِ شَرِكَتِكَ . قُلْتُ لَهَا : رَقَمُ هَاتِفِ الشَّرِكَةِ مَكْتُوبٌ عَلَى دَفْتَرِ الْهَاتِفِ ، وَأُرِيدُكِ أَنْ تَتَّصِلِي بِالطَّبِيبِ حَسَنٍ أَيْضًا حَتَّى آخُذَ مَوْعِداً مَعَهُ قَبْلَ أَنْ أُرَاجِعَهُ . قَالَتْ زَوْجَتِي : طَيِّبٌ وَلَكِنْ لاَ أَعْرِفُ رَقَمَ تَلِيفُونِهِ أَيْضًا ، هَلْ هُوَ مَكْتُوبٌ عَلَى نَفْسِ الدَّفْتَرِ ؟ قُلْتُ لَهَا : نَعَمْ ، رَقَمُ تَلِيفُونِ حَسَنٍ يُكْتَبُ فِي نَفْسِ الدَّفْتَرِ . ثُمْ اتَّصَلَتْ زَوْجَتِي بِالسَّيِّدِ حَسَنٍ وَأَنَا أَلْبَسُ مَلاَبِسِي فِي غُرْفَتِي . بَعْدَ حَوَالَيْ عِشْرِينَ دَقِيقَةً خَرَجْتُ مِنَ الْغُرْفَةِ وَسَأَلْتُ زَوْجَتِي : هَلِ السَّيِّدُ حَسَنٌ مَوْجُودٌ الآنَ ؟ قَالَتْ زَوْجَتِي : إِتَّصَلْتُ بِالسَّيِّدِ حَسَنٍ وَلَكِنْ قَالَ إِنَّهُ لَيْسَ طَبِيبًا ،

هُوَ مُعَلِّمٌ ، ثُمَّ اتَّصَلْتُ بِالسَّيِّدِ حَسَنٍ الثَّانِي ، فَقَالَ هُوَ مُوَظَّفٌ فِي الشَّرِكَةِ لَيْسَ طَبِيبًا أَيْضًا ، فَاتَّصَلْتُ بِحَسَنٍ الثَّالِثِ وَالرَّابِعِ وَالْخَامِسِ وَلَمْ أَجِدْ أَحَدًا مِنْهُمْ طَبِيبًا ، فَأَيُّ حَسَنٍ هُوَ طَبِيبٌ ؟

單字解釋 المفردات

شَعَرَ – يَشْعُرُ – شُعُورٌ	感覺	وَعْكَةٌ	不舒服，生病
مَرِيضٌ ج مَرْضِي	生病者，病人	اعْتَقَدَ – يَعْتَقِدُ – اِعْتِقَادٌ	認為
أَصَابَ – يُصِيبُ – اِصَابَةٌ	染（病）	أُصِبْتُ بِالْمَرَضِ	我生病了
زُكَامٌ	感冒	سُعَالٌ	咳嗽
مُرْتَفِعَةٌ	高的	أَلَمٌ ج آلاَمٌ	痛
رَأْسٌ ج رُؤُوسٌ	頭	صُدَاعٌ	頭痛
دَوْخَةٌ	頭暈	شَكَا – يَشْكُو – شَكْوَى	訴苦
آلَمَ – يُؤْلِمُ – اِيلاَمٌ	使痛	بَطْنٌ – بُطُونٌ	肚子
سَبَبٌ ج أَسْبَابٌ	理由，原因	رَاجَعَ – يُرَاجِعُ – مُرَاجَعَةٌ	看醫生
طَبِيبٌ ج أَطِبَّاءُ	醫生	دَوَاءٌ ج أَدْوِيَةٌ	藥
صَيْدَلِيَّةٌ ج صَيْدَلِيَّاتٌ	藥房	حُقْنَةٌ	打針
بَدَا – يَبْدُو – بُدُوٌّ	好像，似乎	إحْتَاجَ – يَحْتَاجُ – إحْتِيَاجٌ	需要
شَهِيَّةٌ	胃口	مَفْقُودٌ	遺失的，失去的
اِشْتَهَى – يَشْتَهِي – اِشْتِيَاهٌ	食慾	عِيَادَةٌ ج عِيَادَاتٌ	診所
جِسْمٌ ج أَجْسَامٌ	身體	وَصَفَ – يَصِفُ – وَصْفٌ	開處方
إِجَازَةٌ ج إِجَازَاتٌ	請假，假期	نَفْسٌ ج أَنْفُسٌ	相同，自己

筆記頁：

الدرس الخامس والعشرون هَلْ سَتُسَافِرُ إلى خَارِجِ الْبِلاَدِ هَذَا الْعَامَ ؟

١ - هَلْ سَتُسَافِرُ إِلَى خارِجِ الْبِلاَدِ هَذَا الْعَامَ ؟

٢ - نَعَمْ ، إِذَا كَانَ عِنْدِي نُقُودٌ كَافِيَةٌ فَسَأُسَافِرُ إِلَى الْخَارِجِ .

٣ - كَيْفَ تُسَافِرُ ؟ هُلْ سَتُسَافِرُ بِالطَّائِرَةِ أَوِ الْبَاخِرَةِ ؟

٤ - سَأُسَافِرُ بِالطَّائِرَةِ طَبْعًا ، لأَنَّ الطَّائِرَةَ أَسْرَعُ مِنَ الْبَاخِرَةِ .

٥ - كَمْ سَاعَةً تَسْتَغْرِقُ الرِّحْلَةُ مِنْ تَايْبَيْهْ إِلَى الرِّيَاضِ بِالطَّائِرَةِ ؟

٦ - تَسْتَغْرِقُ الرِّحْلَةُ حَوَالَي خَمْسَ عَشْرَةَ سَاعَةً .

٧ - مَتَى سَتَحْجِزُ التَّذْكِرَةَ ؟

٨ - سَأَحجِزُ التَّذْكِرَةَ لِلذَّهَابِ وَالْعَوْدَةِ قَبْلَ أَنْ أُسَافِرَ بِشَهْرٍ .

٩ - كَمْ تُكَلِّفُكَ تَذْكِرَةُ الذَّهَابِ وَالْعَوْدَةِ مِنْ تَايْبَيْهَ إِلَى عَمَّانَ ؟

١٠ - تُكَلِّفُنِي التَّذْكِرَةُ حَوَالَي أَرْبَعِينَ أَلْفَ دُولاَرٍ تَايْوَانِيٍّ جَدِيدٍ .

١١ - هَلْ سَتَحْجِزُ الْفَنْدُقَ قَبْلَ أَنْ تُسَافِرَ ؟

١٢ - نَعَمْ ، هُوَ أَمْرٌ ضَرُورِيٌّ ، خَاصَةً فِي مَوْسِمِ السِّيَاحَةِ وَالتِّجَارَةِ .

١٣ - كَيْفَ نَحْصُلُ عَلَى التَّأْشِيرَةِ ؟

١٤ - يُمْكِنُنَا أَنْ نَطْلُبَ التَّأْشِيرَةَ مِنَ السِّفَارَةِ أَوِ الْقُنْصُلِيَّةِ .

١٥ - أَتَمَنَّى لَكَ رِحْلَةً سَعِيدَةً .

第二十五課　你今年要出國嗎？

1. 你今年要出國嗎？
2. 是的，假若有足夠的錢，我就要出國。
3. 怎麼走？搭飛機還是坐船。
4. 當然是搭飛機，因為飛機比船快。
5. 從台北到利雅德搭飛機要多久？
6. 大概是十五個鐘頭。
7. 你什麼時候要訂機票？
8. 我出發前一個月就要訂來回機票。
9. 台北到安曼來回機票要多少錢？
10. 大概要花四萬台幣。
11. 你出發之前要先訂旅館嗎？
12. 是的，那是必要的，尤其是在觀光與貿易旺季。
13. 我們怎樣獲得簽證？
14. 我們可以到大使館或領事館申請簽證。
15. 祝你旅途愉快！

句型練習

تدريب للبديل

١ -هَلْ سَتُسَافِرُ إِلَى خَارِجِ الْبِلَادِ هَذَا الْعَامَ

الرِّيَاضِ	利雅德（沙烏地阿拉伯首都）
عَمَّانَ	安曼（約旦首都）
بَغْدَادَ	巴格達（伊拉克首都）
دِمَشْقَ	大馬士革（敍利亞首都）
بَيْرُوتَ	貝魯特（黎巴嫩首都）
الْقَاهِرَةِ	開羅（埃及首都）
الْكُوَيْتِ	科威特（科威特首都）
الْمَنَامَةِ	馬那瑪（巴林首都）
الدَّوْحَةِ	杜哈（卡達首都）
مَسْقَطَ	馬喀格特（阿曼首都）
عَدَنَ	亞丁（葉門首都）
طَرَابُلُسَ	的黎波里（利比亞首都）
الْخَرْطُومِ	喀土木（蘇丹首都）
الْجَزَائِرِ	阿爾及爾（阿爾及利亞首都）
مَقْدِيشُو	摩加迪休（伊索比亞首都）

٢ - إذا

كَانَ عِنْدِي نُقُودٌ كَافِيَةٌ	فَسَأُسَافِرُ إِلَى الخَارِجِ .
كَانَ عِنْدِي وَقْتٌ فَرَاغٍ	فَسَأَزُورُكَ الْيَوْمَ
كَانَ عِنْدِي مَرَضٌ	فَسَأُرَاجِعُ الطَّبِيبَ
أُصِبْتُ بِالزُّكَامِ	فَسَأَشْتَرِي الدَّوَاءَ مِنَ الصَّيْدَلِيَّةِ
سَافَرْتُ بِالطَّائِرَةِ	وَصَلْتُ أَمْسِ
حَجَزْتَ الْفُنْدُقَ	نَزَلْتَ فِيه
رَاجَعْتَ الطَّبِيبَ	وَصَفَ لَكَ الدَّوَاءَ لِمَرَضِكَ
كَانَ الْجَوُّ جَمِيلاً أَلْيَوْمَ	فَلْنَذْهَبْ إِلَى الْجَبَلِ
كَانَتْ دَرَجَةُ الْحَرَارَةِ مُرْتَفِعَةً	فَلاَ تَخْرُجْ مِنَ الْبَيْتِ
سَمَحْتَ لِي بِالدُّخُولِ	أَعْطَيْتُكَ الْكِتَابَ
نَسِيتَ أَيْنَ بَيْتِي	فَيُمْكِنُكَ أَنْ تَتَّصِلَ بِي بِالْهَاتِفِ
سَاعَدْتَنِي	نَجَحْتُ فِي الْفَحْصِ
قَرَأْتَ تِلْكَ الْمَجَلَّةَ	عَرَفْتَ كُلَّ شَيْءٍ فِي الشَّرِكَةِ
أَرَدْتَ الْمُسَاعَدَةَ	فَأَخْبِرْنِي
أَرَدْتَ عُنْوَانَهَا	فَيُمْكِنُكَ أَنْ تَطْلُبَ مِنْهَا
أَرَدْتَ أَنْ تَذْهَبَ	فَاذْهَبْ مَعِي
نِمْتَ مُبَكِّرًا	إِسْتَيْقَظْتَ مُبَكِّرًا

٣ - كَمْ	سَاعَةً تَسْتَغْرِقُ الرِّحْلَةُ مِنْ تَايبَيَهْ إِلَى الرِّيَاضِ بِالطَّائِرَةِ	؟
	مِنَ الْوَقْتِ يَسْتَغْرِقُ السَّفَرُ مِنْ مَدِينَةِ عَمَّانَ إِلَى دِمَشْقَ بِالسَّيَّارَةِ
	دَقِيقَةً تَسْتَغْرِقُ الرِّحْلَةُ مِنْ تَايبَيْهْ إِلَى كَاوْشُيُونْغَ بِالْقِطَارِ
	دَقِيقَةً تَسْتَغْرِقُ الرِّحْلَةُ مِنْ بَيْتِكَ إِلَى الْجَامِعَةِ بِالْبَاصِ
	سَاعَةً تَسْتَغْرِقُ الرِّحْلَةُ مِنْ كَاوْشُيُونْغَ إِلَى كِيلُونْغَ بِالْبَاخِرَةِ

٤ - كَمْ	تُكَلِّفُكَ تَذْكِرَةُ الذَّهَابِ وَالْعَوْدَةِ مِنْ تَايبَيْهْ إِلَى الرِّيَاضِ	؟
	تُكَلِّفُكَ هَذِهِ السَّيَّارَةُ الْجَدِيدَةُ
	يُكَلِّفُكَ السَّكَنُ فِي هَذَا الْفُنْدُقِ لِلَيْلَةٍ وَاحِدَةٍ
	تُكَلِّفُنَا التَّأْشِيرَةُ فِي السِّفَارَةِ
	تُكَلِّفُنَا الرِّحْلَةُ بِالطَّائِرَةِ مِنْ تَايبَيْهْ إِلَى كَاوْشُيُونْغَ
	تُكَلِّفُكَ أُجْرَةُ اسْتِئْجَارِ هَذَا الْبَيْتِ شَهْرِيًا

٥ - أَتَمَنَّى لَكَ	رِحْلَةً سَعِيدَةً	.
	عِيداً سَعِيداً
	عِيدَ مِيلَادٍ سَعِيداً

筆記頁：

الأسئلة والأجوبة

١ - هَلْ سَتُسَافِرُ إِلَى خَارِجِ الْبِلَادِ هَذَا الْعَامَ ؟
لَا ، لَا أُسَافِرُ إِلَى الْخَارِجِ هَذَا الْعَامَ .

٢ - مَتَى سَتُسَافِرِينَ إِلَى الشَّرْقِ الْأَوْسَطِ ؟ يَا زَيْنَبُ .
سَأُسَافِرُ إِلَى الشَّرْقِ الْأَوْسَطِ فِي الْعُطْلَةِ الصَّيْفِيَّةِ الْقَادِمَةِ .

٣ - مَاذَا سَتَعْمَلُ إِذَا كَانَ عِنْدَكَ نُقُودٌ ؟
سَأَشْتَرِي سَيَّارَةً جَدِيدَةً إِذَا كَانَ عِنْدِي نُقُودٌ .

٤ - هَلْ تُحِبُّ أَنْ تُسَافِرَ بِالطَّائِرَةِ أَوِ الْبَاخِرَةِ ؟
أُحِبُّ أَنْ أُسَافِرَ بِالطَّائِرَةِ ، لِأَنَّهَا أَسْرَعُ مِنَ الْبَاخِرَةِ .

٥ - كَمْ سَاعَةً تَسْتَغْرِقُ الرِّحْلَةُ مِنْ هُنَا إِلَى بَغْدَادَ بِالطَّائِرَةِ ؟
أَعْتَقِدُ الرِّحْلَةَ تَسْتَغْرِقُ أَكْثَرَ مِنْ سِتَّ عَشْرَةَ سَاعَةً .

٦ - هَلْ يَجِبُ عَلَيْنَا أَنْ نَحْجِزَ تَذْكِرَةَ الطَّائِرَةِ قَبْلَ السَّفَرِ ؟
نَعَمْ ، حَجْزُ التَّذْكِرَةِ قَبْلَ السَّفَرِ هُوَ أَمْرٌ ضَرُورِيٌّ .

٧ - هَلْ يَجِبُ عَلَيْنَا أَنْ نَحْجِزَ الْفُنْدُقَ قَبْلَ وُصُولِنَا إِلَى تِلْكَ الْبِلَادِ ؟
نَعَمْ ، هُوَ أَمْرٌ ضَرُورِيٌّ جِدّاً .

٨ - هَلْ حَجَزْتَ كُرْسِيّاً لِي فِي السِّينَمَا ؟
نَعَمْ ، حَجَزْتُ كُرْسِيّاً لَكَ .

問題與回答

1. 今年你要出國嗎?

   不要,今年我不出國。

2. 翟娜,妳什麼時候要去中東?

   我下個暑假要去中東。

3. 有錢你要做什麼?

   有錢我要買一部新車。

4. 你喜歡搭飛機或輪船旅行?

   我喜歡搭飛機旅行,因為它比輪船快。

5. 從這裡搭飛機到巴格達要幾小時?

   我想需要十六個鐘頭以上。

6. 出發前我們需要先訂機票嗎?

   是的,出發前先訂機票是必要的。

7. 到達那個國家之前我們要先訂旅館嗎?

   是的,那是非常必要的。

8. 你在電影院有沒有先幫我佔個位置?

   有呀,我佔了一個位置給你了。

٩ - كَمْ تُكَلِّفُكَ هَذِهِ التَّذْكِرَةُ ؟

هَذِهِ التَّذْكِرَةُ تُكَلِّفُنِي أَكْثَرَ مِنْ ثَلاَثِينَ أَلْفَ دُولاَرٍ تَايْوَانِيٍّ جَدِيدٍ .

١٠ - أَيُّ شَهْرٍ هُوَ مَوْسِمُ السِّيَاحَةِ فِي تَايْوَانَ ؟

أَعْتَقِدُ أَنَّ مَوْسِمَ السِّيَاحَةِ فِي تَايْوَانَ هُوَ فِي شَهْرِ أُكْتُوبر .

١١ - مِنْ أَيْنَ نَسْتَطِيعُ أَنْ نَحْصُلَ عَلَى التَّأْشِيرَةِ لِدُخُولِ الأُرْدُنِّ ؟

يُمْكِنُنَا أَنْ نَحْصُلَ عَلَيْهَا مِنَ الْمَكْتَبِ التِّجَارِيِّ الأُرْدُنِيِّ فِي تَايْبَيْه

١٢ - هَلْ يُمْكِنُنَا أَنْ نَحْصُلَ عَلَى تَأْشِيرَةِ السِّيَاحَةِ مِنَ السِّفَارَةِ السَّعُودِيَّةِ ؟

لاَ ، السَّعُودِيَّةُ لاَ تُعْطِي تَأْشِيرَةَ السِّيَاحَةِ لأَيِّ شَخْصٍ .

١٣ - هَلْ هُنَاكَ سِفَارَةٌ سَعُودِيَّةٌ فِي تَايْبَيْه ؟

لاَ ، لَيْسَتْ هُنَاكَ سِفَارَةٌ سَعُودِيَّةٌ فِي تَايْبَيْه .

١٤ - هَلْ هُنَاكَ سِفَارَةٌ لِبِلاَدِنَا فِي السَّعُودِيَّةِ ؟

لاَ ، لَيْسَتْ هُنَاكَ سِفَارَةٌ لِبِلاَدِنَا فِي السَّعُودِيَّةِ وَلَكِنْ هُنَاكَ مَكْتَبٌ تِجَارِيٌّ .

١٥ - كَمْ سِفَارَةً أَوْ قُنْصُلِيَّةً أَجْنَبِيَّةً فِي تَايْبَيْه ؟

هُنَاكَ حَوَالِي ثَلاَثِينَ سِفَارَةً أَوْ قُنْصُلِيَّةً فِي تَايْبَيْه .

١٦ - مَاذَا نَقُولُ لِصَدِيقِنَا عِنْدَمَا يُرِيدُ أَنْ يُسَافِرَ ؟

نَقُولُ لَهُ : أَتَمَنَّى لَكَ رِحْلَةً سَعِيدَةً .

9. 這張機票花了你多少錢?

   這張機票花了我台幣三萬多。

10. 在台灣哪個月是觀光旺季?

    我想台灣的觀光旺季是十月吧。

11. 我們從哪裡能拿到約旦的簽證?

    我們可以在約旦駐華辦事處辦簽證。

12. 我們能從沙烏地大使館辦觀光簽證嗎?

    沒辦法,沙烏地是不發觀光簽證的。

13. 在台北有沙烏地大使館嗎?

    沒有,在台北沒有沙烏地大使館。

14. 我們國家在沙烏地有大使館嗎?

    沒有,我們國家在沙烏地沒有大使館,但是有商務辦事處。

15. 在台北有多少個外國大使館或領事館?

    在台北大概有三十個外國大使館或領事館。

16. 在朋友出發前我們應該跟他說什麼?

    我們應該對他說:祝你旅途愉快。

المحادثة

١ - هَلْ سَتُسَافِرِينَ إِلَى خَارِجِ البِلَادِ فِي العُطْلَةِ الصَّيْفِيَّةِ ؟ يَا زَيْنَبُ .

نَعَمْ ، سَأُسَافِرُ إِلَى خَارِجِ البِلَادِ فِي العُطْلَةِ الصَّيْفِيَّةِ .

إِلَى أَيِّ بَلَدٍ سَتُسَافِرِينَ ؟

سَأُسَافِرُ إِلَى الأُرْدُنِّ .

لِمَاذَا تُسَافِرِينَ إِلَيْهِ ؟

لِأَنَّنِي أُرِيدُ أَنْ أَدْرُسَ العَرَبِيَّةَ بَعْدَ تَخَرُّجِي مِنَ الجَامِعَةِ فِي ذَلِكَ البَلَدِ .

هَلْ تَعْرِفِينَ عَنْهُ شَيْئًا ؟

لَا ، لِذَلِكَ أَوَدُّ أَنْ أَزُورَهُ قَبْلَ أَنْ أَدْرُسَ هُنَاكَ .

٢ - كَمْ دَقِيقَةً تَسْتَغْرِقُ الرِّحْلَةُ بِالطَّائِرَةِ مِنْ تَايْبِيهْ إِلَى كَاوْشِيُونْغَ ؟

تَسْتَغْرِقُ الرِّحْلَةُ حَوَالَيْ أَرْبَعِينَ دَقِيقَةً .

مَا هُوَ سِعْرُ التَّذْكِرَةِ مِنْ تَايْبِيهْ إِلَى كَاوْشِيُونْغ ؟

هَلْ تَسْأَلُ سِعْرَ التَّذْكِرَةِ لِرِحْلَةٍ وَاحِدَةٍ أَوْ لِلذَّهَابِ وَالعَوْدَةِ ؟

مَا هُوَ السِّعْرُ لِرِحْلَةٍ وَاحِدَةٍ ؟

سِعْرُهَا حَوَالَيْ أَلْفٍ وَمِائَتَيْ دُولَارٍ تَايْوَانِيٍّ جَدِيدٍ .

會話

1. 翟娜，暑假妳要出國嗎？

   要呀，暑假我要出國。

   妳要去哪個國家？

   我要到約旦。

   為什麼去那裡？

   因為我大學畢業後要到那個國家唸書。

   妳對約旦了解嗎？

   不了解，因此在我去唸書之前要先去看看。

2. 從台北到高雄搭飛機要幾分鐘？

   大概四十分鐘。

   台北到高雄的機票要多少錢？

   你是問單程還是來回的機票？

   單程的是多少錢？

   大概是台幣一千兩百元吧。

٣ - أَلُو ، مَرْحَبًا ، أُرِيدُ أَنْ أَحجزَ غُرْفَةً فِي هَذَا الْفُنْدُقِ .

أَهْلاً وَسَهْلاً ، مَا اسْمُكَ الْكَرِيمُ ؟ وَمَتَى تُرِيدُ الْغُرْفَةَ ؟

اِسْمِي حَسَنٌ ، وَأُرِيدُ الْغُرْفَةَ فِي الْيَوْمِ الْخَامِسِ مِنَ الشَّهْرِ الْقَادِمِ .

أَيَّ نَوْعٍ مِنَ الْغُرْفَةِ تُرِيدُ ؟ هَلْ تُرِيدُ الْغُرْفَةَ بِسَرِيرٍ وَاحِدٍ أَوْ سَرِيرَيْنِ ؟

أُرِيدُ الْغُرْفَةَ بِسَرِيرٍ وَاحِدٍ ، مَا الأُجْرَةُ لِلَيْلَةٍ وَاحِدَةٍ ؟

أَلْغُرْفَةُ بِسَرِيرٍ وَاحِدٍ أُجْرَتُهَا أَلْفُ دُولاَرٍ أَمْرِيكِيٍّ لِلَيْلَةٍ وَاحِدَةٍ .

هَلْ فِي الْغُرْفَةِ تَلِيفُونٌ وَتِلْفِزْيُونٌ ؟

نَعَمْ ، وَكَمْ يَوْمًا تُرِيدُ ؟

أُرِيدُ غُرْفَةً وَاحِدَةً لِمُدَّةِ أُسْبُوعٍ .

٤ - أَوَدُّ أَنْ أَطْلُبَ مِنْكُمْ تَأْشِيرَةً لِدُخُولِ الأُرْدُنِّ .

هَلْ تُرِيدُ تَأْشِيرَةً لِلسِّيَاحَةِ أَوِ التِّجَارَةِ ؟

أُرِيدُ تَأْشِيرَةً لِلسِّيَاحَةِ .

كَمْ يَوْمًا سَتَبْقَى فِي الأُرْدُنِّ ؟

سَأَبْقَى أُسْبُوعًا .

مَتَى سَتُسَافِرُ إِلَيهِ ؟

سَأَصِلُ فِي الْيَوْمِ الْعِشْرِينَ مِنَ شَهْرِ يُولِيُو الْقَادِمِ .

3. 喂,你好,我要在這個旅館訂個房間。

   歡迎,請問大名,什麼時候要?

   我叫哈珊,下個月五號要住的。

   要哪一種房間?單人床的還是雙人床的?

   我要單人床的,一個晚上多少錢?

   單人床的一個晚上一千美金。

   有附電視與電話嗎?

   有呀,要訂幾天?

   我要一個房間,訂一星期。

4. 我要申請約旦簽證。

   觀光還是商務簽證?

   觀光簽證。

   要在約旦停留幾天?

   一個禮拜。

   什麼時候去?

   七月二十號到。

短文 للقراءة والفهم

سَافَرْتُ بِالطَّائِرَةِ مِنْ تَايْبَيْهَ إلى عَمَّانَ عَاصِمَةِ الأُرْدُنِّ لِدِّرَاسةِ الْعَرَبِيَّةِ فِي عَامِ أَلْفٍ وَتِسْعِمِائَةٍ وَاثْنَيْنِ وَسَبْعِينَ ، وكَانَ يُوَدِّعُنِي فِي مَطَارِ تَايْبَيْهِ الدُّوَلِي أَخِي الْكَبِيرُ وَأُمِي وَزَوْجَتِي وَابْنَتِي الْكَبِيرَةُ وكَثِيرٌ مِنْ أَقْرِبَائِي ، وكَانَتِ الطَّائِرَةُ تَطِيرُ مِنْ تَايْبَيْهَ ثُمَّ تَمُرُّ بِهُونْغ كُونْغ ثُمَّ بَيْرُوتَ عَاصِمَةِ لُبْنَانَ ، ثُمَّ وَصَلْتُ إلَى عَمَّانَ ، وَاسْتَغْرَقَتْ هذِهِ الرِّحْلَةُ أَكْثَرَ مِنْ عِشْرِينَ سَاعَةً .

إِشْتَرَيْتُ التَذْكِرَةَ لِرِحْلَةٍ وَاحِدَةٍ مِنْ أَحَدِ أَصْدِقَائِي الَّذِي يَشْتَغِلُ فِي إِحْدَى شَرِكَاتِ السَّفَرِ فِي تَايْبَيْهَ ، وكَانَتِ التَذْكِرَةُ تُكَلِّفُنِي اثْنَيْنِ وَعِشْرِينَ أَلْفَ دُولاَرٍ تَايْوَانِيٍّ جَدِيدٍ . وَعِنْدَمَا وَصَلْتُ إلَى عَمَّانَ كَانَ يَسْتَقْبِلُنِي أَحَدُ مُوَظَّفِي السِّفَارَةِ الصِّينِيَّةِ فِي عَمَّانَ ، وكَانَ يَأْخُذُنِي مِنْ مَطَارِ عَمَّانَ إلَى مَعْهَدِ الْمُعَلِّمِينَ الَّذِي دَرَسْتُ فِيهِ الْعَرَبِيَّةَ لِمُدَّةِ سَنَتَيْنِ .

وَقَبْلَ السَّفَرِ طَلَبْتُ التَّأْشِيرَةَ مِنَ السِّفَارَةِ الأُرْدُنِيَّةِ فِي تَايْبَيْهَ ، وَعِنْدَمَا دَخَلْتُ السِّفَارَةَ سَأَلَنِي أَحَدُ الْمُوَظَّفِينَ فِي السِّفَارَةِ : هَلْ تُرِيدُ أَنْ تُسَافِرَ إلَى الأُرْدُنِّ لِلسِّيَاحَةِ أَوِ التِّجَارَةِ ؟ قُلْتُ لَهُ : أُسَافِرُ إلَيْهِ لِلدِّرَاسَةِ . ثُمَّ سَأَلَنِي : كَمْ سَنَةً سَتَبْقَى هُنَاكَ ؟ أَجَبْتُ : لاَ أَعْرِفُ رُبَّمَا سَنَتَيْنِ أَوْ أَكْثَرَ . ثُمَّ قَالَ : مَتَى تُسَافِرُ ؟ قُلْتُ : سَأُسَافِرُ فِي الأُسْبُوعِ الْقَادِمِ . بَعْدَ ذَلِكَ أَعْطَانِي التَّأْشِيرَةَ ، وَقَالَ لِي : أَتَمَنَّى لَكَ رِحْلَةً سَعِيدَةً .

第二十五課

單字解釋 / المفردات

中文	العربية	中文	العربية
錢	نَقْدٌ ج نُقُودٌ	旅行	سَافَرَ - يُسَافِرُ - مُسَافَرَةٌ
飛機	طَائِرَةٌ ج طَائِرَاتٌ	足夠的	كَافٍ م كَافِيَةٌ
比……快	أَسْرَعُ مِنْ	輪船	بَاخِرَةٌ ج بَوَاخِرُ
旅行，班次	رِحْلَةٌ ج رِحْلَاتٌ	花費(時間)	اِسْتَغْرَقَ - يَسْتَغْرِقُ - اِسْتِغْرَاقٌ
預訂	حَجَزَ - يَحْجِزُ - حَجْزٌ	大約	حَوَالَيْ
來回	اَلذَّهَابُ وَالْعَوْدَةُ	(機，車)票	تَذْكِرَةٌ ج تَذَاكِرُ
旅館	فُنْدُقٌ ج فَنَادِقُ	花費(錢)	كَلَّفَ - يُكَلِّفُ - تَكْلِيفٌ
必要的	ضَرُورِيٌّ	事情	أَمْرٌ ج أُمُورٌ
季	مَوْسِمٌ ج مَوَاسِمُ	尤其	خَاصَّةً
簽證	تَأْشِيرَةٌ ج تَأْشِيرَاتٌ	觀光	سِيَاحَةٌ
領事館	قُنْصُلِيَّةٌ ج قُنْصُلِيَّاتٌ	大使館	سِفَارَةٌ ج سِفَارَاتٌ
床	سَرِيرٌ ج أَسِرَّةٌ	但願，希望	تَمَنَّى - يَتَمَنَّى - تَمَنٍّ

الدرس السادس والعشرون سَأَذْهَبُ إِلَى الْمَحَلاَّتِ لِشِرَاءِ بَعْضِ الْمَلاَبِسِ

١ - سَأَذْهَبُ إِلَى الْمَحَلاَّتِ لِشِرَاءِ بَعْضِ الْمَلاَبِسِ .

٢ - هَلْ تُبَاعُ عِنْدَكَ الْمَلاَبِسُ الصَّيْفِيَّةُ ؟

٣ - نَعَمْ ، تُبَاعُ عِنْدِي الْمَلاَبِسُ الصَّيْفِيَّةُ وَالشَّتَوِيَّةُ .

٤ - أَيَّ مَقَاسٍ تُرِيدُ ؟

٥ - أُرِيد مَقَاسًا مَتَوَسِّطًا .

٦ - هَلْ يُمْكِنُنِي أَنْ أُجَرِّبَ هَذِهِ الْبَدْلَةَ ؟

٧ - نَعَمْ ، تَفَضَّلْ جَرِّبْهَا فِي غُرْفَةِ التَّجْرِيبِ .

٨ - هَلْ هَذَا الْفُسْتَانُ مِنَ الْحَرِيرِ ؟

٩ - لاَ ، هُوَ مِنَ الصُّوفِ وَالْقُطْنِ .

١٠ - هَذَا الحِذَاءُ لاَ يُنَاسِبُنِي ، أُرِيدُكَ أَنْ تُبَدِّلَ لِي وَاحِداً أَكْبَرَ مِنْهُ .

١١ - هَلْ تُعْجِبُكِ هَذِهِ التَّنُّورَةُ ؟

١٢ - نَعَمْ ، هِيَ حُلْوَةٌ وَلَكِنْ مَقَاسُهَا كَبِيرٌ عَلَيَّ قَلِيلاً .

١٣ - مَا ثَمَنُ هَذَا الْمَلْبَسِ الرِّيَاضِيِّ ؟

١٤ - ثَمَنُهُ مِائَتَانِ وَخَمْسُونَ دُولاَراً تَايْوَانِيًا جَدِيداً .

١٥ - هَذِهِ هِيَ أَلْفُ دُولاَرٍ ، أَعْطِنِي الْبَاقِيَّ .

第二十六課　我要上街買些衣服

1. 我要上街買些衣服。
2. 你這裡有賣夏天的衣服嗎？
3. 有啊，夏天與冬天的衣服我都有賣。
4. 你要什麼尺寸的？
5. 我要中號的。
6. 我可以試穿這套西裝嗎？
7. 可以，請到試穿室試穿。
8. 這件洋裝是絲料的嗎？
9. 不是，它是毛與棉料的。
10. 這雙鞋子不適合我，我要換雙更大的。
11. 這條裙子妳喜歡嗎？
12. 喜歡，它很漂亮，但是我穿太大了一點。
13. 這件運動服多少錢？
14. 台幣兩百五十元。
15. 這是一千塊，請找錢。

句型練習

تدريب للبديل

١ - سَأَذْهَبُ إِلَى [الْمَحَلاَّتِ / السُّوق / السُّوقِ التِّجَارِيّ / المَخْزَنِ] لِشِرَاءِ بَعْضِ الْمَلاَبِسِ .

الْمَحَلاَّتِ	（商店）
السُّوق	（市場）
السُّوقِ التِّجَارِيّ	（百貨公司）
المَخْزَنِ	（專售店）

٢ - سَأَذْهَبُ إِلَى الْمَحَلاَتِ لِشِرَاءِ بَعْضِ

الْمَلاَبِسِ
الْحَاجِيَاتِ الْيَوْمِيَّةِ
الأَدَوَاتِ الْمَنْزِلِيَّةِ
الأَدَوَاتِ الْكَهْرُبَائِيَّةِ
الْمَلاَبِسِ الْجَاهِزَةِ
السُّكَّرِ وَالشَّاي

٣ - هَلْ تُبَاعُ عِنْدَكَ بَعْضُ

الْمَلاَبِسِ الصَّيْفِيَّةِ	؟
الْمَلاَبِسِ الشَّتَوِيَّةِ	
الْمَلاَبِسِ الْجَاهِزَةِ	
الْمَلاَبِسِ النِّسَائِيَّةِ	
الْمَلاَبِسِ الرِّجَالِيَّةِ	
مَلاَبِسِ الأَطْفَالِ	
الْمَلاَبِسِ الصُّوفِيَّةِ	
الْمَلاَبِسِ الْقُطْنِيَّةِ	
الْمَلاَبِسِ الْحَرِيرِيَّةِ	

٤ - أُرِيدُ مَقَاسًا

مُتَوَسِّطًا	.
كَبِيراً	
صَغِيراً	
مُنَاسِبًا	

٥ - هَلْ يُمْكِنُنِي أَنْ أُجَرِّبَ هَذِهِ الْبَدْلَةَ ؟

أَذُوقَ هَذَا الطَّعَامَ

٦ - هَذَا الْحِذَاءُ لاَ يُنَاسِبُنِي ، أُرِيدُكَ أَنْ تُبَدِّلَ لِي وَاحِداً أَكْبَرَ مِنْهُ .

الْقَمِيصُ
الْبَنْطَلُونُ
الْفُسْطَانُ
الْمَلْبَسُ

تُغَيِّرَ

٧ - هَذِهِ الْبَدْلَةُ لاَ تُنَاسِبُنِي ، أُرِيدُكَ أَنْ تُبَدِّلَ لِي وَاحِدَةً أَكْبَرَ مِنْهَا .

الْمَلاَبِسُ
الْحَقِيبَةُ
الْغُرْفَةُ
التَّذْكِرَةُ
الشَّقَّةُ

٨ - مَا | ثَمَنُ | هَذَا الْمَلْبَسِ الرِّيَاضِيِّ ؟

ثَمَنُ
سِعْرُ
قِيمَةُ

٩ - هَذِهِ | أَلْفُ | دُولَارٍ ، أَعْطِنِي الْبَاقِي .

أَلْفُ
أَلْفَا
ثَلَاثَةُ آلَافِ
أَرْبَعَةُ آلَافِ
مِائَةُ
مِائَتَا
ثَلَاثُمِائَةِ
أَرْبَعُمِائَةِ

الأسئلة والأجوبة

١ - سَأذْهَبُ إلَى الْمَحلاَّتِ لِشرَاءِ بَعْضِ الْمَلاَبِسِ .

طَيِّبٌ ، سَأذْهَبُ مَعَكَ ، مَا رَأْيُكَ ؟

٢ - هَلْ تُبَاعُ عِنْدَكَ الْمَلاَبِسُ الشَّتَوِيَّةُ ؟

لاَ ، تُبَاعُ عِنْدِي الْمَلاَبِسُ الصَّيْفِيَّةُ فَقَطْ .

٣ - مِنْ أيْنَ أسْتَطِيعُ أنْ أشْتَرِيَ الْمَلاَبِسَ الشَّتَوِيَّةَ ؟

يُمْكِنُكَ أنْ تَشْتَرِيَهَا فِي الْمَحلاَّتِ الَّتِي تُبَاعُ فِيهَا الْمَلاَبِسُ الشَّتَوِيَّةُ .

٤ - أيَّ مَقَاسٍ مِنَ الْقَمِيصِ تَلْبَسُ ؟

ألْبَسُ الْقَمِيصَ مِنَ الْحَجْمِ الْكَبِيرِ .

٥ - هَلْ يُمْكِنُنِي أنْ أُجَرِّبَ هَذِهِ الْبَدْلَةَ ؟

لاَ ، بِيعَتْ هَذِهِ الْبَدْلَةُ ، وَلَكِنْ يُمْكِنُكَ أنْ تُجَرِّبَ تِلْكَ الْبَدْلَةَ السَّوْدَاءَ .

٦ - أيْنَ غُرْفَةُ التَّجْرِيبِ ؟

غُرْفَةُ التَّجْرِيبِ عَلَى يَمِينِ ذَلِكَ الْبَابِ .

٧ - هَلْ هَذَا الْفُسْطَانُ مِنْ الْقُطْنِ أوِ الصُّوفِ ؟

هُوَ مِنْ الصُّوفِ ، هَلْ يُعْجِبُكِ ؟

問題與回答

1. 我要上街買衣服。

   好呀,我跟你一塊去,怎麼樣?

2. 你有賣冬季的服裝嗎?

   沒有,我只賣夏季的。

3. 哪裡能買到冬季的服飾?

   在賣冬季的服飾店能買得到。

4. 你穿幾號的襯衫?

   我穿大號的。

5. 我能試穿這套西裝嗎?

   不可以,這套賣掉了,但是你可以試穿黑色那一套。

6. 試穿室在哪裡?

   試穿室就在門的右邊。

7. 這件洋裝是棉的還是毛料的?

   是毛料的,妳喜歡嗎?

٨ - مَا ثَمَنُ هَذِهِ التَّنُّورَة ؟

إِذَا كَانَتْ تُعْجِبُكِ فَيُمْكِنُنِي أَنْ أُعْطِيكِ بِسِعْرٍ رَخِيصٍ .

٩ - هَلْ يُعْجِبُكَ هَذَا الْمَلْبَسُ الرِّيَاضِيُّ ؟

نَعَمْ ، يُعْجِبُنِي كَثِيراً وَهُوَ حُلْوٌ وَلَكِنْ أَعْتَقِدُ سِعْرَهُ غَالِيًا .

١٠ - هَذِهِ التَّنُّورَةُ تُعْجِبُنِي كَثِيراً هَلْ تَبِيعُهَا بِسِعْرٍ أَرْخَصَ ؟

هِيَ بِأَلْفَيْنِ وَخَمْسِمِائَة دُولاَرٍ فَقَطْ ، وَهَذَا السِّعْرُ أَرْخَصُ مِنْ مَحَلاَّتٍ أُخْرَى

١١ - هَذِهِ هِيَ ثَلاَثَةُ آلاَف دُولاَرٍ .

طَيِّبٌ ، أُعْطِيكَ الْبَاقِي ، وَالْبَاقِي هُوَ خَمْسُمِائَةِ دُولاَرٍ تَمَامًا .

١٢ - مِنْ أَيْنَ اشْتَرَيْتِ هَذِهِ التَّنُّورَةَ ؟ يَا زَيْنَبُ .

اشْتَرَيْتُهَا مِنَ السّوقِ التِّجَارِيَّة .

١٣ - هَلِ الْمَلاَبِسُ الَّتِي تُبَاعُ فِي السُّوقِ التِّجَارِيَّةِ أَغْلَى مِنَ الْمَحَلاَّتِ الْعَادِيةِ ؟

نَعَمْ ، أَلْمَلاَبِسُ الَّتِي تُبَاعُ فِى السُّوقِ التِّجَارِيَّةِ أَغْلَى قَلِيلاً .

١٤ - مِنْ أَيْنَ نَسْتَطِيعُ أَنْ نَشْتَرِيَ الشَّايَ وَالسُّكَّرَ وَالْحَلِيبَ ؟

يُمْكِنُكَ أَنْ تَشْتَرِيَ هَذِهِ الأَشْيَاءَ مِنَ الْبَقَّالَة أَو الدُّكَّان .

١٥ - هَلْ تُبَاعُ الْمَلاَبِسُ النِّسَائِيَّةُ وَمَلاَبِسُ الأَطْفَالِ فِي هَذَا الدُّكَّانِ ؟

لاَ ، يَجِبُ عَلَيْكَ أَنْ تَذْهَبَ إِلَى الْمَحَلاَّتِ الْخَاصَّة .

8. 這件裙子多少錢?

    你喜歡我算便宜給你。

9. 這件運動服你喜歡嗎?

    我很喜歡,它很漂亮,但是我想很貴吧。

10. 這條裙子我很喜歡,能不能算便宜一點?

    兩千塊而已,這個價錢比別家便宜。

11. 這是三千元。

    好的,我找你錢五百元。

12. 翟娜,這條裙子哪裡買的?

    我在百貨公司買的。

13. 百貨公司的衣服比一般的店貴嗎?

    是的,百貨公司的衣服比一般的店貴一點。

14. 在哪裡可以買到茶、糖和牛奶?

    這些東西在一般的小店就買得到。

15. 小店有賣女性服飾與童裝嗎?

    沒有,應該到專櫃去買。

المحادثة

١ - إلَى أَيْنَ أَنْتَ ذَاهِبٌ ؟ يَا حَسَنُ ؟

أَنَا أَذْهَبُ الآنَ إِلَى السُّوقِ .

مَاذَا سَتَشْتَرِي فِي السُّوقِ ؟

سَأَشْتَرِي بَعْضَ المَلَابِسِ الشِّتَوِيَّةِ ، لِأَنَّ الشِّتَاءَ عَلَى الأَبْوَابِ .

لِمَاذَا لَا تَشْتَرِيهَا فِي السُّوقِ التِّجَارِيَةِ ؟

لِأَنَّ الأَشْيَاءَ الَّتِي تُبَاعُ هُنَاكَ بِسِعْرٍ أَغْلَى .

أَ لَا تُنَاسِبُكَ هَذِهِ البَدْلَةُ ؟

نَعَمْ ، هِيَ لَا تُنَاسِبُنِي ، لِأَنَّ مَقَاسَهَا كَبِيرٌ عَلَيَّ قَلِيلاً .

أَمَا جَرَّبْتَهَا فِي مَحَلِّي يَوْمَ أَمْسِ ؟

بَلَى ، وَلَكِنْ وَجَدْتُهَا كَبِيرَةً عَلَيَّ وَأُرِيدُكَ أَنْ تُبَدِّلَ لِي وَاحِدَةً أَصْغَرَ مِنْهَا .

أَ لَا تَعْرِفُ أَنَّ المَلَابِسَ بَعْدَ البَيْعِ لَا يَجُوزُ التَّبْدِيلُ ؟

بَلَى ، وَلَكِنْ قُلْتُ لِصَاحِبِ المَحَلِّ إِذَا كَانَتْ لَا تُعْجِبُنِي فَأُرِيدُ التَّبْدِيلَ .

第二十六課

會話

1. 哈珊,你要去哪裡?

   我要去逛街。

   你要買什麼?

   我要買些冬天的衣服,因為冬天就快到了。

   為什麼你不到百貨公司去買?

   因為那裡的東西比較貴。

   這套西裝不合適嗎?

   對,不合適,因為它對我來說太大了點。

   你昨天不是在我這兒試穿過了嗎?

   沒錯,但是,我還是覺得太大,我要換一件比較小的。

   你不知道衣服賣出就不能換嗎?

   知道,但是老闆跟我說過了,不喜歡就可以換。

٢ - هَلْ يُبَاعُ عِنْدكُمْ فُسْطَانٌ صُوفِيٌّ ؟

نَعَمْ ، يَا آنِسَةُ ، عِنْدَنَا فَسَاطِينُ صُوفِيَّةٌ وَقُطْنِيَّةٌ وَحَرِيرِيَّةٌ .

هَذَا الْفُسْطَانُ حُلْوٌ ، هَلْ تَسْمَحِينَ لِي أَنْ أُجَرِّبَهُ ؟

تَفَضَّلِي يَا آنِسَةُ ، يُمْكِنُكِ أَنْ تُجَرِّبِيهِ فِي هَذِهِ الْغُرْفَةِ .

هَلْ يُعْجِبُكِ هَذَا الْفُسْطَانُ ؟

أَلْمَقَاسُ يُنَاسِبُنِي وَلَكِنَّ لَوْنَهُ لاَ يُعْجِبُنِي كَثِيراً .

أَيَّ لَوْنٍ تُفَضِّلِينَ ؟

أُحِبُّ لَوْنًا أَحْمَرَ .

هَذَا هُوَ مَا يُعْجِبُكِ لَوْنًا وَيُنَاسِبُكِ مَقَاسًا .

وَلَكِنَّهُ كَبِيرٌ عَلَيَّ قَلِيلاً ، هَلْ عِنْدَكَ أَصْغَرُ وَبِشَكْلٍ وَاحِدٍ .

نَعَمْ ، جَرِّبِي هَذَا ، وَهُوَ بِشَكْلٍ جَمِيلٍ أَيْضًا .

كَيْفَ ثَمَنُهُ ؟

ثَمَنُهُ رَخِيصٌ ، بِأَلْفٍ وَمِائَتَيْ دُولاَرٍ تَايْوَانِيٍّ .

أَلْفُ دُولاَرٍ ، أَكْثَرُ مِنْ هَذَا لاَ أُرِيدُ .

طَيِّبٌ ، مَبْرُوكٌ .

2. 你這兒有賣毛料洋裝嗎?

　　有呀,小姐,我們有毛料、棉質與絲料的洋裝。

　　這件洋裝很漂亮,我能試穿一下嗎?

　　小姐,請,妳可以在這個房間試穿。

　　妳喜歡這件洋裝嗎?

　　大小可以,但是,顏色我不是很喜歡。

　　妳比較喜歡哪一種顏色?

　　我喜歡紅色的。

　　這個顏色妳會喜歡,大小也剛好。

　　但是我穿還是太大,一樣款式的,有比較小一點的嗎?

　　有的,妳試這一件,款式也很漂亮。

　　價錢怎麼樣?

　　價錢很便宜,一千兩百元。

　　一千元好了,比這個價錢高我就不要了。

　　好吧,恭喜妳了。

短文 للقراءة والفهم

عِنْدَمَا كُنْتُ فِي السَّعُودِيَّةِ أَذْهَبُ عَادَةً إِلَى الْمَحَلاَّتِ لِشِرَاءِ بَعْضِ الأَشْيَاءِ الَّتِي أَحْتَاجُ إِلَيْهَا فِي نِهَايَةِ الأُسْبُوعِ ، وَنِهَايَةُ الأُسْبُوعِ فِي الدُّوَلِ الْعَرَبِيَّةِ هِيَ يَوْمُ الْخَمِيسِ وَلَيْسَتْ يَوْمَ السَّبْتِ كَمَا نَعْرِفُ . وَمَوَاعِيدُ الدَّوَامِ فِي الْمَحَلاَّتِ هُنَاكَ مِنَ السَّاعَةِ الْعَاشِرَةِ صَبَاحًا إِلَى السَّاعَةِ الثَّانِيَةِ بَعْدَ الظُّهْرِ ، وَلَكِنْ هُنَاكَ فَتْرَةٌ حَوَالِي نِصْفِ سَاعَةٍ لِلصَّلاَةِ مِنَ السَّاعَةِ الثَانِيَةَ عَشْرَةَ ظُهْراً ، وَبَعْدَ الثَّانِيَةِ ، يَرْجِعُ أَصْحَابُ الْمَحَلاَّتِ إِلَى الْبَيْتِ لِلْغَدَاءِ وَالإِسْتِرَاحَةِ . وَمِنَ السَاعَةِ الرَّابِعَةِ مَسَاءً يَعُودُ الأَصْحَابُ إِلَى الْمَحَلاَّتِ لِلْعَمَلِ مَرَّةً أُخْرَى حَتى السَّاعَةِ الثَامِنَةِ وَالنِّصْفِ لَيْلاً .

هُنَاكَ أَسْوَاقٌ تِجَارِيَّةٌ كَبِيرَةٌ تُبَاعُ فِيهَا جَمِيعُ مَا نَحْتَاجُ إِلَيْهِ ، إِذَا أَرَدْنَا الْمَلاَبِسَ الرِّجَالِيَّةَ مِثْلَ الْبَدْلَةِ وَالْبَنْطَلُونِ وَالْقَمِيصِ فَيُمْكِنُنَا أَنْ نَذْهَبَ إِلَى قِسْمِ الرِّجَالِ ، وَإِذَا أَرَدْنَا الْمَلاَبِسَ النِّسَائِيَّةَ مِثْلَ الْفُسْطَانِ وَالتَّنُّورَةِ فَعَلَيْنَا أَنْ نَذْهَبَ إِلَى قِسْمِ النِّسَاءِ . يَقُولُ بَعْضُ النَّاسِ إِنَّ النِّسَاءَ فِي السَّعُودِيَّةِ لاَ يَجُوزُ لَهُنَّ بِخُرُوجٍ مِنَ الْمَنْزِلِ ، وَلَكِنْ فِي الْوَاقِعِ نَسْتَطِيعُ أَنْ نَجِدَ كَثِيراً مِنَ النِّسَاءِ

يَشْتَرِيْنَ مَا يَحْتَجْنَ إِلَيْهِ مِنَ الْحَاجِيَاتِ الْيَوْمِيَّةِ فِي الْمَحَلاَّتِ وَالْمَخَازِنِ وَالأَسْوَاقِ التِّجَارِيَّةِ الْكَبِيرَةِ ، وَلَكِنْ يَذْهَبُ مَعَهُنَّ عَادَةً أَزْوَاجُهُنَّ أَوْ أَبَاءُهُنَّ أَوْ أَخْوَانُهُنَّ ، وَقَلِيلاً مَا تَذْهَبُ الْفَتَاةُ إِلَى الأَسْوَاقِ وَحْدَهَا .

單字解釋

المفردات

مَحَلٌّ ج مَحَلاَّتٌ	坐位，地點，商店	شِرَاءٌ	購買
بَعْضٌ	一些	مَلْبَسٌ ج مَلاَبِسُ	衣服
بَاعَ - يَبِيعُ - بَيْعٌ	賣	يُبَاعُ	出售
صَيْفِيٌّ	夏季的	شَتَوِيٌّ	冬季的
تَوَسَّطَ - يَتَوَسَّطُ - تَوَسُّطٌ	在……間	مُتَوَسِّطٌ	中間的
جَرَّبَ - يُجَرِّبُ - تَجْرِيبٌ	試一試	بَدْلَةٌ ج بَدَلاَتٌ	一套西裝
فُسْطَانٌ ج فَسَاطِينُ	洋裝	حَرِيرٌ	絲
صُوفٌ	毛料	قُطْنٌ	棉
حِذَاءٌ ج أَحْذِيَةٌ	鞋子	نَاسَبَ - يُنَاسِبُ - مُنَاسَبَةٌ	適合
بَدَّلَ - يُبَدِّلُ - تَبْدِيلٌ	換	أَعْجَبَ - يُعْجِبُ - إِعْجَابٌ	賞
تَنُّورَةٌ	裙子	حُلْوٌ م حُلْوَةٌ	漂亮的，美麗的
ثَمَنٌ ج أَثْمَانٌ	價格	بَاقٍ أَلْبَاقِي	零錢，剩餘的
سُوقٌ ج أَسْوَاقٌ	市場	حَاجِيَّاتٌ يَوْمِيَّةٌ	日用品
أَدَوَاتٌ مَنْزِلِيَّةٌ	家庭用品	أَدَوَاتٌ كَهْرُبَائِيَّةٌ	電氣用品
مَخْزَنٌ ج مَخَازِنُ	儲藏室，店鋪	بَقَّالَةٌ	小店鋪
مَلاَبِسُ جَاهِزَةٌ	成衣	ذَاقَ - يَذُوقُ - ذَوْقٌ	嚐試
غَيَّرَ - يُغَيِّرُ - تَغْيِيرٌ	換，改變	قِيمَةٌ	價值
نَوْعِيَّةٌ	品值	مُشْكِلَةٌ ج مُشْكِلاَتٌ مَشَاكِلُ	難題
جِلْدٌ ج جُلُودٌ	皮	شَكْلٌ ج أَشْكَالٌ	樣子，形狀
مَبْرُوكٌ	恭喜	وَحْدَهَا	（她）單獨

筆記頁：

國家圖書館出版品預行編目資料

空中阿拉伯語第三冊：利傳田作. --
初版. -- 臺北縣中和市：Airiti Press, 2009.4
面； 公分

ISBN 978-986-84307-8-5（第 3 冊：平裝）
1. 阿拉伯語 2. 讀本

807.88 98004258

空中阿拉伯語 第三冊

作者／利傳田
總編輯／張 芸
責任編輯／嚴嘉雲
呂環延
執行編輯／石珮儀
校對／陳治宇
封面編輯／林欣陵

出版者／Airiti Press Inc.
台北縣永和市成功路一段80號18樓
電話：(02)2926-6006 傳真：(02)2231-7711
服務信箱：press@airiti.com
帳戶：華藝數位股份有限公司
銀行：國泰世華銀行 中和分行
帳號：045039022102
法律顧問／立暘法律事務所 歐宇倫律師
ISBN／978-986-84307-8-5
出版日期／2009年 4 月初版
定 價／新台幣 458 元
（若需館際合作使用，請聯絡華藝：2926-6006）

版權所有．翻印必究 Printed in Taiwan

國立教育廣播電台提供有聲資料下載：http://realner.ner.gov.tw